おごさま

小紫

角川書店

おごさま

装幀　二見亜矢子

写真　bonciutoma / iStock

目次

一　たからもの　5
二　贄の児　57
三　代償　82
四　供養　159
五　おごさま　180
後日談　残滓　201

一　たからもの

仕事が終わってへとへとになって帰宅した。明日は、売掛けを払わなきゃいけないからこのお金を使って贅沢《ぜいたく》をするわけにはいかない。

キモい男たちと、身体を舐《な》めたり舐められたりして最悪な気持ちになりながら生活をしていると、搾取されていることが多い人生だなって思う。

わたしに優しくしてくれたのは、この仕事を紹介してくれたカイトとおばあちゃんだけ。

不特定多数の誰かのために自己犠牲をすることなんて嫌いだし、施すのも今は嫌い。だってわたしは奪われてばかりいるから。せっかく優しくしてあげても裏切られたり、嫉妬《しっと》深い勘違いブスにいじめられたりするし、男にはキモい目で見られたり殴られたりする。最悪。それに、今日はロングの仕事も入ったけど代わりに嫌なことがあった。本番をしてくれたら五千円くれるって。ばかにすんなって怒って一万円にしてもらったけど、これはカイトには秘密。だってデリで本番するような安い女だと思われたくないから。他の本番をしてるブスとわたしは違う。わたしは好きな人のために、がんばっているだけ。

「カイト、会いたいよ」

好きな人の名前を呼んでみるけど、会いたい気持ちが増すだけだった。布団の上に寝転んでスマホをタップする。数タップすれば、カイトの職場のウェブサイトからとってもかっこいい彼の写真を見ることが出来る。

基本的に男なんて嫌いだけど、カイトは別だった。だって運命の人だから。

神棚に向かって謝るか、怒ってわたしを殴るしかしない陰険なお父さんと、ヒステリックなお母さんから逃げるように地元を出てきた。そして、やっとのことで借りた狭いワンルームには物が溢《あふ》れている。床が見えないほど積み上がっているゴミと服と化粧道具。カイトが買ってくれた小さな白いちゃぶ台の上だけはキレイにしている。だってそこはわたしの大切なものを置く場所だから。

ひとつ溜《た》め息をついて、玄関の靴箱の上へ目を向ける。小さな薄ピンク色の和紙で作られた箱の中にはわたしの宝物がある。

宝物のことはおごさまって呼んでいる。私の大切な物。本当は、お父さんがわたしにくれるはずだったのにくれなかったから、おばあちゃんが渡してくれた。実家から持ってきたものはこれだけだった。

箱の蓋《ふた》を開くと、白くて薄《うっす》らと光っているように見える不思議な繭がある。これがおごさま。本当は繭の中に入っているのがおごさまらしいけど……。これがわたしのお守り。おごさまは、表面を人差し指で撫《な》でると少しザラザラしていて、なんとなくあったかいような気がするし、触っていると心が落ち着くから、嫌なことがあったときや、疲れたときによく触っている。今日も、たくさん疲れたなーって思いながらおごさまを撫でて、スマホを触る。

「は？」

おごさまに触れていて幸せだった気持ちはすぐに吹き飛んだ。間違えてタップしたのか、少し目を離したすきにスマホの画面はインスタを開いていた。しかも、よりにもよってリナのページ。

『明日ゎなんでもない日だけど、出稼ぎ帰りだしタワー入れちゃお！　カイトアフターしてくれていいよヮラ』

カッとなってスマホを床に叩き付ける。ちょっと重い音がしたけど画面は元から割れているから、新しくヒビが入ったのかなんてわからない。こんな投稿を見ると、不安になって急にカイトに会いたくなる。わたしのカイト。彼女なら、少しくらいワガママいってもいいよね。会いたい。すぐにスマホを拾い上げて、わたしはカイトに電話をかける。

「どした？」

「会いたいよ。今すぐ家に来て」

「今、仕事中なのわかってるよな?」

溜め息と一緒に聞こえる、呆《あき》れた様な声。仕事中なんてことわかってるよ。でも、少しくらい彼女のワガママを聞いてくれてもいいでしょって気持ちが勝って、まくしたてるように言葉を続ける。

「わたしがどうなってもいいんでしょ。わたしと一緒にいるのはどうせお仕事だからなんだ。会いに来てくれないなら死んでやるから」

「だからぁ、そんなこと言われても無理だって」

電話口から聞こえるカイトの声からは、めんどうだって気持ちが滲《にじ》み出ているのが、鈍いわたしにもわかる。尽しているのに報われない。おばあちゃんもお母さんも、バカの一つ覚えみたいに、この家は搾取される血筋なんだって言ってた。小さい頃はそんなの二人がバカなだけでしょって思っていたけど、本当に血筋みたいなものが関係しているのかもって小六くらいでわかりはじめた。

がやがやとしたお店の喧騒《けんそう》が電話越しに伝わってきて、お腹の辺りがぎゅって摑《つか》まれたみたいに痛くなった。みんながキモいって顔をするわたしのアムカ痕《あと》を見ても、「こんなのよくある傷だろ」って笑ってくれたカイトは、他の人みたいにわたしから搾取だけをしないってわかる。大切なオモチャをあげたのに裏切ったあの女も、優しく仲間に入れようとしてあげた子も、わたしから奪うだけ奪って去って行った。カイトはそうじゃない。ちゃんと返してくれる。そんな人をワガママで困らせたくなんてない。でも、でも、どうしても会いたい気持ちが止まらない。

「本当に死んでやるからね！　本気だから」

「俺を困らせたいわけ？　店に会いに来る価値もないってこと？」

「そうじゃない！　ただ、最近お店でしか会ってないじゃん。会いたいの！　大切にされてるって信じたいよ」

「わかった。それならいいよ。飛べって」

投げやりな声色でカイトがそう告げた。あんなに好きって言ってくれたのに、死ねって言うんだ。お母さんがわたしに言ったみたいに。涙がぼろぼろと溢れてきてスエットの襟元を濡《ぬ》らしていく。

「わかった。じゃあ、飛び降りる。今ね、第三トーワビルにいるから」

嘘がすらすらと口から出てくる。今は家なのに。でも、わたしが本気だとわからせてやりたい気持ちは本当だから。それに、一時間くらいはかかるけど、今から第三トーワビルに行けば嘘だって本当になる。恋に破れた女の子たちが命を絶つ名所に行って、本当に飛び降りてカイトを後悔させてあげるんだ。

「そっちの飛べじゃねえって。なんでそうなるんだよ」

「だって飛べっていうからじゃん。わたしにむずかしいことを言われてもわかんないよ！」

あわてたようなカイトの声に安心する。なあんだわたしの勘違いだった。でも、紛らわしいことをいうカイトが悪いよ。カイトは顔だけが取り柄のバカなホストやバーテンダーと違ってすごく優しいし、大学にも通っているらしいから頭もいい。そこがいいところだけど、わたしは本当にバカなので、仕事でもカイトと話す時もわからないことがよくある。だから、困るときも多い。本当に頭がいい人は、頭が悪い人にわかるように話をしてくれるってよく聞くけど、カイトはそこまで頭が良いわけじゃないのかもしれない。でも、わたしも物事を知らないわけじゃないから完全無欠を運命の人に求めるわけじゃない。ちょっとくらい困った部分があるのも含めて、相手を愛せるっていうのが本物の愛の証《あかし》だから。

「あのさあ」

電話口で泣くわたしに困っているのが伝わってくる。それでも電話をガチャ切りしないのは、カイトがわたしのことを単なる客とは思っていないことの証。それがうれしくてわたしは泣くのをやめて「なに？」と聞き返した。

「売掛けを飛んでもいいよ。それで俺が苦労して、ハヤトさんに詰められてもさあやにはなんの関係もないもんな。わかった。さっさと消えていいよ。消えろカス」

「そんなことしたいわけじゃない！」

前言撤回。やりすぎちゃったみたい。わたしはただカイトがわたしのことを見てくれればいいだけなのに。わかれたいわけでも、売掛けを払うのがつらいわけでもない。

「なんでこうなっちゃったのかわかんないよ……カイト……やだよう」

本当に死にたくなってきた。目を擦《こす》りすぎて痛いし、スエットの袖《そで》部分は涙でぐちゃぐちゃになっていてきもちわるい。

「じゃあさ、俺が自腹でシャンパン入れるよ」

わたしがカイトを困らせたいわけじゃないって伝わったのか、彼が急にとっても優しい声に変わった。もう！　それなら最初から優しくしてほしいよ。でも、許してあげる。わたしも悪いことを言っちゃった自覚はあるから。

「お前が頼んだってことにして奢《おご》るからさ、だから店に来いよ。一杯飲んだら帰って良いから。金がないなら売掛けも、とりあえず千円だけでも払ってくれればいいって」

本当は泣いてぐちゃぐちゃな顔だから外に出るのは嫌だった。目も腫《は》れてるし。

でも、カイトの優しくて蕩《とろ》けるような声は、ちゃんとわたしのことを心配してくれているから出る、本当の愛情の証だってわかる。だから、今日はわたしが折れてあげることにする。

冷たい風が扉の隙間から入って来るような、いかにも安アパートって感じの靴箱の横でわたしはうずくまった。

「で、何時にこれそ？」

カイトの言葉に「ラストオーダーまでには行けそう」と返すと電話はすぐに切れた。

第三トーワビルにいるっていうのは嘘だし。でも飛び降りようって思ったのは嘘じゃない。

カイトはちょっとだけ意地悪だけど、最後には自分から折れて優しくしてくれるから大好き。

お母さんから「あんたは愚図で嘘吐きで出来損ないなんだから、誰からも好かれないに決まってる」って何回も言われていた。

それは本当だと思う。プレゼントをあげたって、嫌なことをされて我慢してあげたって友達なんて出来なかった。搾取されて、ひどいことをされて捨てられてきたから。でも、こんなわたしでもカイトは好きって言ってくれる。

カイトの愛情を自慢したわたしに、ブスとバカ共は嫉妬をして知ったような顔をしながら「ホストはみんなそういうんだよ」なんて見当違いな説教をしてくるから、本当にうんざりする。それに、カイトはホストなんかじゃない。

ボーイズバーのバーテンダーさんだから、ホストみたいに金にがめつくないし、シャンパンタワーで何百万も払わないといけないわけじゃない。

いつもさあやはかわいいねって褒めてくれるし、たまに殴られるけど、それはわたしが嘘をついた時とか、死にたくてODしながらアムカをした時とか、出勤日と生理が被《かぶ》っちゃって約束した売掛金が払えなかった時くらいだから、わたしが悪いだけ。

立ち上がって、床が見えなくなっている部屋を見回した。カイトに会いに行くために、ベッドの上に積み重なっている服を漁《あさ》る。

どれが洗濯した服だっけ。とりあえず、あんまりシワがないものを手に取って顔に近付けた。

「……これならいっか。臭くないし」

服は決まったから、次はメイクをしなきゃ。

その前に、少しでも泣いて腫れた目を冷やしたいからカイトが買ってくれた冷蔵庫へ向かう。ホテルにあるみたいな小さくてかわいい黒い冷蔵庫はとってもお気に入り。おまけ機能みたいに天井部分についている冷凍庫から保冷剤を取りだして、まぶたへ当てた。

たくさん泣いちゃったから、早く冷やさないと。それに、カイトに会いに行くから少しでもかわいい格好をしないといけない。カイトに釣り合う女だってことを、ワンチャンあるかもって考えているバカな客共にわからせてあげないといけないから。

保冷剤を目から離すときに、ちょっと角ばってる男らしい文字が目に入る。この保冷剤はおごさまの次に大切なもの。カイトが買ってくれたケーキについていたもので、わたしが「捨てたくない。ケーキはなくなっちゃうけど保冷剤は熱が出たときとかに使うから」って言ったら「節約上手なんだね」って、油性ペンで「さあやだいすきだよ」って書いてくれたから。

ちゃぶ台とケーキと冷蔵庫以外にもカイトは色々と買ってくれた。毛布もお布団もカイトが買ってくれた。わたしのこと、ただのお客さんだって思っていたら、こんなに優しいことをしてくれたり、家電なんて買ってくれたりするのかな？　そんなわけない。だから、多分、そういうことなんだと思う。

——ピピピ
二十一時を知らせるアラームが鳴った。もう家を出ないと、お店に行った後に帰って来られないかも。

今日の仕事でもらった五万円をお財布に入れて、家から出発した。

売掛けは千円でもいいって言っていたけど、なるべく多く払った方がカイトは褒めてくれるはずだから。

それに、明日はあの勘違いケバ女のリナが来るから、カイトは忙しいはず。行く予定を、今日に繰り上げてよかったのかもしれない。家賃を払うのは明日でいいし、きっと明日も三本くらいなら仕事が出来る。

今勤めているお店もカイトが紹介してくれたから、サボらないようにしてがんばらなきゃ。

「いってきます」

おごさまにそう声をかけて、蓋をそうっと持ち上げて開く。大切なお守りだから、いってきますと、ただいまの挨拶《あいさつ》はすることにしている。

おばあちゃんが「増山《ますやま》家のもんは、搾取される血筋だけど一生に一度だけおごさまが願いを叶《かな》えてくれっからな。おめの母親は嘘《ちくらっぽ》っていってっけど」って持たせてくれた。本当はお父さんがわたしに渡すはずのものだったみたいだけど、お母さんが嫉妬して渡してくれなかったんだって。願いを叶えてくれるお守りは、増山家の血が流れている人にしか使えないから、お母さんには使えない。だからって、わたしまで願いを叶えられない人生の巻き添えにしようとするなんて本当にひどい。でも、もう会うこともないから関係ないんだけど。

おごさまを普段から大切にしていれば、一生に一回だけ願いを聞いてくれるんだって、おばあちゃんが言っていた。その時は、体の一部をおごさまにあげないといけないんだとも……。願いを叶えてもらったその後は、おごさまを絶対に還《かえ》さないと悪いことが起こるんだって。それから、おごさまも何かを奪われていたとか、しずめる？　ためとか色々言われたけどよくわからない。でも、なんだかちょっとこわいから、お願いごとは今のところする予定は無い。

それでも、おごさまはわたしにとって心の支えだった。カイトに殴られた時も、裸で家の外に出された時も、辛《つら》かったしみじめだったけどおごさまがいるからがまん出来た。カイトの愛情表現をわかってないやつらはDVだなんて見当違いのことを言うけど、アレは愛の鞭《むち》だから。全然違う。

おごさまを撫でながら、おばあちゃんが言っていたことを思い出す。「ばあちゃんがもうちっと我が強けりゃ、さやのために願いをとっておいたのにな」って言葉。眉《まゆ》を八の字にして困ったような表情を浮かべたおばあちゃんは、肘《ひじ》から先が無くなった自分の左手を右手でさすりながら、よくそう言っていた。それから「家《うち》をイケニエ筋なんて気味悪がってたやつらから感謝なんてされても、かわいい孫を助けられなきゃ意味なんてねえべ」と寂しそうな表情で言うのがいつもの決まりだった。

懐かしいことを思い出している場合じゃない。やさしく箱の蓋を閉じてから、わたしは家を出発した。大好きなカイトに会いにいくために。


「え？　五万も持って来れたの？　今日、仕事がんばったんじゃん」

「うん、今日はロングを何本か取れたから」

お店の入口で出迎えてくれたカイトに、財布を渡す。信頼しているなら、財布くらい渡せるよねって前に言われて「嘘吐きのわたしが信頼してもらうには、それくらいしなきゃ誠意を示せない」ってわかった。だからカイトにだけ、お店に着いたらすぐ財布を渡すことにしてる。

カイトは髪の毛を撫でてくれる、骨張っていてセクシーな手がそのまま腰に回されて、さっきまで沈んでいた気持ちが少し軽くなる。他の人みたいにわたしから奪うだけじゃなくて、こうして愛情を与えてくれる。

通話口では強い言葉を使っても、怒った時にわたしのことを殴っても結局、カイトはわたしにやさしくしてくれる。わたしのことを愛しているのだけが本当で、本気で嫌ったり突き放したりはできないんだってわかってる。

「奥の卓いこ。今日はもう指名取らないからさ」

「ありがと」

よくカイトの近くにいるブサイクなホールスタッフが「いらっしゃいませ」って言ってくるけど、ブサイクが目に入ってもムカつかないくらい気分がいい。少し暗い店内で、きれいなシャンデリアからオレンジ色の光が降り注いでいる様子は、なんだか光のシャワーみたいでとってもキレイ。こんな雑居ビルの一角なのにカイトがいると、お伽噺《とぎばなし》に出てくるお城みたい。もちろん、王子様はカイトで、お姫様はわたし。お母さんもおばあちゃんも田舎なんかにいたから搾取をされ続けたんだ。こうやって都会に出てくれば、搾取をしない運命の人と出会えるのに。

カイトの後をついていくと、いつも通されるカウンター席じゃなくて、大切なお客さんとか、たくさんお金を使うお客さんが使う奥まった席まで案内される。

「さあやががんばってくれたから、俺もちゃんと誠意で返さないとなって」

壁で他の客席から遮られているこの席は、いつもなら金払いだけは良いケバい女が我が物顔で独占している席だった。

明日になったらここにあの女がいるのかと思うと、すっごくムカつくけどそれでも優越感が勝る。あいつよりお金を払わなくても、ここに通されていることがうれしい。

「わたしがここに入ってもいいの？」

「俺のためにがんばってくれるんだから、当たり前だろ。普段はリナがいるし、あいつもキレるとなにするかわかんねーだろ？　だからあいつがいない時だけになるけど」

「わたしより、あのケバいだけの女を優先するってこと？」

「あいつ、金払いはいいからさ。俺もしたくてしてるわけじゃないって、さあやならわかってくれるだろ？」

「それはそうだけどぉ……。カイトも大変だね」

「さあやは理解もあるし、ワガママだって話せばやめてくれるからすごく助かるよ」

吐息が耳に掛かるくらいに近付いていたカイトが、とっても優しい声で囁《ささや》いてくれる。

こういう女のツボがわかっている行動も、カイトの好きなところの一つだった。

カイトは、日本人らしいキレイな真っ黒な髪を少し長く伸ばして、緩くパーマをかけている。すごくオシャレだし、薄いグレーのカラコンを入れているし、彫りが深くて肌も白くて鼻筋もスッとしているからロシアとか北欧人とのハーフだとか、芸能人みたいにかっこいい。

　こんなすごくかっこいい人が、わたしみたいなダメで愚図なデブを特別扱いしてくれる。騙《だま》されることも多くて、田舎から出てきて援助交際みたいな真似をしていたわたしに声をかけてくれた。それから、体を売るならちゃんと適正価格を稼ぎなよって言って、今のデリヘルを紹介してくれた。家に初めて来てくれた時も、ろくに家具もなかった部屋を見て、毛布とかちゃぶ台とか冷蔵庫も買ってくれた。わたしを選んでくれた理由だって、一生懸命でひたむきだし、俺に尽してくれるからって話してくれた。それに、将来は一緒に暮らしたいって言ってくれるから、わたしは仕事をがんばっている。搾取される血筋とか言って、田舎にいるだけのお母さんとは違う。わたしは確かに、心桜《こころ》ちゃんにお母さんの宝石をあげようとして拒否されて、先生に言いつけられたり、その先生から嫉妬でいじめられたり、友達へのプレゼントやオモチャを取り上げられることも多かった。でも、今はカイトに愛されている。

「今日はあんまりお客さんいないからさ、のんびりしていけよ」

　カイトと一緒にいるのに、あんな田舎のことを考えちゃった。もうあんな場所、戻るつもりもないのに。

　声をかけられて、改めてカイトのいる店内を見回す。オレンジっぽい色の間接照明が革張りのソファーを照らしているけれど店内は薄暗い。壁の向こうから聞こえてくる声も、いつもよりは静かで、カイトの言うとおり今日はお客さんがほとんどいないみたいだった。

「ちょっと待ってて」

そういって個室から出て行ったカイトの背中を見送ったついでに、少しだけ部屋から出て店内に目を配る。

店の中に残っているのはオーナーのハヤトさんとカイトともう一人、ホールスタッフの名前も知らないブサイクな男くらいだった。

ハヤトさんは、カイトほどではないけど顔はいい方だと思う。でも、つり目がきつい印象でなんとなく狐っぽくて意地悪に感じるからわたしは苦手だった。

カイトも真面目な顔をしていると狼とかそういうかっこよくて孤高の存在？　っぽいけど笑うとすごくやさしいところが、漫画に出ていたシベリアンハスキーって犬みたいですごく好きだなって思う。

「これは俺からの奢り。内緒にしとけよ」

席へ戻って大人しく待っていると、私服に着替えたカイトがアイスペールに入っているシャンパンと二つのグラスを持ってきてくれた。

どきどきしながら頷《うなず》くと「飲もっか」って言いながら隣に座って肩を抱いてくれる。

本当は、バーとか飲食店の店員ってお客さんの隣に座ったらダメなんだってことは、前にハヤトさんが教えてくれた。でも、今カイトはわたしの隣に座ってくれている。お店はほとんど人がいないから、だから、そういう法律？　とかも気にしなくていいのかな？彼女だから、特別ってこと？　そうだといいな。他の店員が女の子の隣に座っているのを見て「カイトはわたしの隣に座らないの？」って怒った時にカイトは、自分はそんな安売りをしなくても稼げるから絶対に色恋営業みたいなことはしないって言ってくれた。だから、付き合っていても営業中はわたしの隣にも座れないんだって。

「今日は、特別？」

「ん？　ああ、まあ」

筋肉質なカイトの肩に頭を乗せると、驚いたのか一瞬だけ彼が顔を仰《の》け反らせた。でも、すぐにいつもみたいに優しく笑ってくれたので「えへへ」と笑い返して、シャンパンが注がれたグラスに手を伸ばす。

「おいしいね」

シャンパンは、口の中がしぱしぱするし、正直に言うとあんまりおいしいとは思わないけど、でも、カイトがよろこんでくれる飲み物だからわたしも好きって言うことにしてる。「普通の女の子は、ネクターとかで割らないと飲みたくないーっていうからさ。さあやはそのまま飲めてえらいよ」

「そんなことないよ。えへへ……カイト、ありがと。わたし、もっとがんばるからね」

今日はちゃんとお金を渡せたから、カイトは機嫌がよさそうだった。

グイッとグラスに残ったシャンパンを飲み干したカイトの、キレイな見た目の割に大きな喉仏《のど》が上下する。

にっこりと笑ってから渡した財布を返してくれたカイトは、空いたグラスにシャンパンを注ぎ足していく。

「帰りの電車代とご飯代は財布に残しておいたから」

「ありがと」

財布の中身を確かめると、千円札が二枚入っていた。小銭はそのまま。

「ちゃんと野菜も食えよ？　健康でいてほしいからさ」

「うん、ありがと。こうやってわたしのこと考えてくれるの、うれしいよ。たくさんがんばるね」

明日はこのお金でサラダを買って、スープも飲んでからお仕事に行こうっと。

返してもらった財布を鞄《かばん》に入れながら、わたしは新しく注いで貰《もら》ったシャンパンを少しだけ口に含む。

「そういえば、今日はロングに入れたみたいだけど、最近はあんまり稼げてないみたいじゃん？　ちょっと今働いてる店、変えてみるつもりない？」

「え」

口の中に広がる不快な味を一生懸命に飲み込んだタイミングで、予想もしていないようなことをカイトが言ってきたから、動きが止まる。

「ちょっとハードな店だから、続けられる女の子がいなくてさ。でもがんばりやさんのさあやなら出来るかもって思ったんだよね」

甘い声。それに、動く度にふわりと香る甘いブルガリの香水の匂い。

ぐっと距離を近付けてきたカイトの指が、わたしのふとももをそっと撫でる。仕事で客にそういうことをされてもキモいだけなのに、カイトに触られると胸がどきどきして顔が熱くなってきちゃう。

もじもじとふとももの内側を擦りつけながら、わたしはカイトの顔をじぃっと見つめた。

いくらカイトがおすすめしてくれるからって、今のお店にも慣れてきたところなのに、新しいところでがんばれるかなって不安はある。

「でも、いきなり職場が変わるのは……困るっていうか」

「え？　さあやは俺のコト信じられないの？」

声が、カイトの声が、急に冷たくなった。

ぐっと指が食い込むくらい強く肩をつかまれて、驚いて勢い良く息を吸ったわたしの喉からは、ヒユッと変な音が出る。

怖い。それに、痛い。身を捩《よじ》ろうとしたわたしの胸元をカイトの大きな手がドンッと押した。

「もっとがんばるって今言ったじゃん？　嘘かよ」

軽く突き飛ばされて、ソファーに背中を軽く打ち付けた。

胸ポケットからタバコを取りだしたカイトは、イライラしたように火を付けるとすぅっと煙を吸って、わたしをすごく怒ったような目で見下ろす。

タバコはこわい。お父さんもお母さんも怒るとそれをわたしのふとももに押しつけてくるから。おごさまの話をすると、特に二人は怒った。そこでもまたしずめるとか、いけにえって話が出てくる。わたしのおごさまを他の大切にされなかったおごさまと一緒に納屋に放り込めだとか、うちは尽しても尽しても報われない血筋なんだって難しい話をされて殴られる。

頭の真ん中が冷たくなったような気がして、息が上手《うま》く吸えなくなる。涙が勝手に出てくる。お化粧が落ちちゃう。でもそれよりもタバコの火が怖い。

そんなわたしに苛《いら》ついたのか、カイトはチッと舌打ちをして言葉を続けた。

「俺さ、知り合いに第三トーワで警備してる奴がいるから知ってるよ。本当はお前、今日第三トーワに行ってないだろ」

カイトの言葉に心臓の近くがキュッと痛む。言い返そうと思ったけれど、タバコの火から目が離せないし、言葉が何も出てこない。ただ、焦りだけがわたしをそわそわとさせて、つい体を小刻みに揺らしてしまう。貧乏揺すりなんてみっともなくて嫌なのに。

舌打ちを再びしながらカイトがタバコを灰皿に置いた。

「あの……えとわたしぃ、その」

ごめんなさいって言いたいけど上手く言葉が出てこなくて、カイトはわたしがタバコをじっと見ているのが気に入らないのか、煙をわざとこっちに向かって吐いてくる。

「なあ、お前のくだらねー嘘も詰めないでこっちは優しくしてやってんの。わかってるか？」

「ごめんなさい、ごめんなさい。あの、たばこ、たばこ、こわくて……」

煙を思いきり吸ってしまって咽《む》せるわたしの前髪をつかみながら、カイトはタバコを再び手に持った。

「バカはこうやって痛く躾《しつけ》されねーとわかんねーのかなぁ」

ジュッと嫌な音がして、すごく熱いものがふとももの一点に押し付けられた。じわじわとした熱さと刺すような痛みを感じて、自分の口からガマガエルを潰《つぶ》したような声が漏れる。その瞬間、カイトはわたしの頭をおもいっきり近くにあるクッションに押しつけた。

「そんなわざとらしい声出すなよ。クソだりぃ」

息が苦しくて、ばたばたと手を動かすとカイトは頭から手を離してくれた。

すぐにソファーから降りて、わたしは床に正座をした。ケロイド状になった古い火傷《やけど》痕の上に、真新しい小さくて円形の火傷が出来ているのを確認してから、わたしはおでこを床につけて土下座をする。

「ごめんなさい……ごめんなさい」

「いいよ、顔上げて。俺が悪いことしてるみたいじゃん。隣に座りな？」

頭を撫でてくれたカイトが、いつもみたいに優しい声に戻った。

それからソファーの隣をぽんぽんと叩いているので、わたしは犬になったみたいな気持ちになりながら彼が叩く場所に座った。

「俺もさ、さあやのためを思って仕事を探したのに断られてイラっとしちゃったんだよ」

額をコツンとくっつけられて、カイトは眉尻を下げて謝りながら、わたしの目元をハンカチで拭《ぬぐ》ってくれた。ハンカチからは彼のブルガリの強い匂いがする。

「あのさ、斉藤《さいとう》、ちょっと来てくれる？　氷《アイス》溶けちゃったから新しいのよろしく」

ハンカチをわたしが持ったのを確認したカイトは、近くでぼーっと突っ立っていたブサイクなホールスタッフを呼ぶ。他のヤツらもカイトに比べたらブサイクだけど、あいつは特にブサイクでムカつく。せっかくキレイなカイトの顔を見て楽しかったのにあんなやつを視界に入れちゃって損したような気持ちになった。

「あんがと」

朗らかな声でカイトがブサイクにアイスペールを手渡した。ちょっと子供っぽくて無邪気な表情は、わたしに向けられたことがない。こいつ、カスの分際でわたしのカイトに微笑まれないでって思いながら睨《にら》み付けちゃった。そんなわたしの気持ちを察したのか、ホールスタッフは新しい氷を持ってくるとさっさと部屋から出て行った。よかった。あんなブサイクに話しかけられたら傷が余計に痛くなっちゃう。

「さあや、どうしてもだめか？」

さっきタバコを押し付けた場所を氷で冷やしてくれながらカイトはわたしの顔を見て、ゆっくりとキスをしてくれる。

あまいあまいキスのあと、カイトは困ったように笑いながらわたしの頰をつるつるとした手の甲でそうっと撫でる。それから、顔を寄せてわたしの耳たぶを軽く食《は》みながら、耳元で低く囁いた。

「さあやが嫌なら無理にやれって言わないよ」

身体中がカッとアツくなって、胸がドキドキする。カイトはわたしからすぐに体を離すと、相変わらず困ったように眉尻《じり》を下げたままの表情で言葉を続ける。

「ごめんな。ただ……別の女の子を探さなきゃいけないから、しばらく会えなくなる」

「は？　どういうこと？」

襟元をつかもうとしたわたしの手を軽く手で払うと、カイトはスマホを取り出して画面へ目を向けた。

「店にはさ、がんばれる子がいるんですって自慢しちゃったんだよね。でも、さあやが無理なら俺がその穴を埋められるような子を探さないといけないじゃん？　当たり前の話だろ？」

他の女とカイトが連絡を取る？　仕事のためとはいえ、カイトが頭を下げてお願いをするの？

許せない。もう、わたしからは何も奪わせない。大切な人に貢ぐのは良いけど、知らない女にカイトを奪われてたまるか。

スマホを持っているカイトの手に、わたしは自分の手を重ねた。

「わたしがそのお店で働けば、カイトともっとたくさん会えるの？」

「もちろん。一緒に暮らすならもっといい家にも住みたいしさ。がんばろ？」

「うん、がんばる」

断る理由はなかった。カイトもわたしのことを真剣に考えてくれてのことなら、ちゃんと話を聞かずに自分の都合ばっかり考えていたわたしが悪いのは当然だし、カイトが怒るのも仕方ないもん。カイトはわたしに時間を与えてくれる。わたしは奪うばかりの最低なやつとはちがう。与えて貰うから、わたしも与える。それが愛し合ってるってことだもんね。

「じゃあ、契約書にサインしてくれる？」

「契約書？」

「働くんだから当たり前だろ。バカだなさあやは」

　カイトが手を挙げるとブサイクなホールスタッフがまたやってきて、クリアファイルを渡して去って行った。カイトがクリアファイルから取りだしたのは、四つ折りに畳まれた一枚の紙だ。小さな文字がたくさん並んでいて、暗い店内だと読みにくい。

「今日、印鑑なんて持ってないよ」

「印鑑は俺が買っておいたから大丈夫。さあやの名字って増山だよね？」

　ポケットからカイトが出したのは、わたしの名字が刻まれている印鑑だった。

「わたしの名字、覚えててくれたんだ」

「あたりまえじゃん。じゃ、ここに名前書いて、印鑑はここに」

　言われるがまま、わたしは自分の名前を書類に書いて、印鑑を数カ所押した。書類の内容はよくわからないけれど、婚姻届を書く時ってこんな感じなのかな。

　結婚をしたらカイトはわたしの名字になってくれるってことかもしれない。印鑑を買うってたぶんそういうことだよね。でも、大丈夫かな。うち、変な言い伝えがある家だから、近寄らせたくない。お父さんがおごさまについての難しい話をするのを想像して、気分が悪くなっていく。

「不便だから、今度から銀行印は俺に預けときな？　そしたらさあやも無駄遣いしなくてすむだろ？」

お父さんのことを思い出して最悪な気分だったけど、その言葉だけでわたしはすごく幸せになった。

「二人の結婚資金のこと、カイトも考えてくれてたんだね」

「あー、そう。そういうのもある」

二人で話していると、部屋に入ってきたハヤトさんが追加で何枚かの書類を持ってきてくれた。保証人とか、給料の振り込み先についての書類っぽい。ハヤトさんは、書き上がった書類を手に取って眺め、わたしを見てからカイトに視線を送ってスッと目を細めた。

「カイト、お前のことをこんなに想ってくれる子、他にいないって。大切にしろよ」

ハヤトさんがカイトにそんなことを言っているので、なんだか照れくさくなる。

もしかして、わたしたちの関係ってお店公認だったりするのかな。

たくさんがんばったら、もっと認めてくれるのかなって思うと、さっきまで怖かった新しい仕事にもやる気が出てくる。

「さあやちゃんも、うちのカイトのためにありがとね」

普段は怖いハヤトさんが、目を細め、口の両端を持ち上げてなまめかしく微笑んだ。

ハヤトさんのやわらかいミルクティー色のふわふわの髪が揺れて、明るい茶色の目が光の加減で金色に見える。真っ黒な直毛気味の髪に緩くパーマを掛けているツーブロックのカイトと正反対っぽい見た目の二人が並んでいると、モデルさんとか芸能人も顔負けの美形二人って感じがする。

ぼーっとしていると、カイトが「じゃあ、書類はさあやが無くさないように預かっておくな。必要になったらいつでも渡すからさ」と言って、ハヤトさんが書類をまとめてファイルにしまっていた。

お給料の部分だけちゃんと見たかったな……って思うけど、せっかく機嫌がよさそうなのにまた怒らせたら嫌だからやめておくことにする。

この日はハヤトさんが「オレからも一本ご馳走《ちそう》するね」と言ってシャンパンをもう一本開けてくれた。

渡された領収書とは別にカイトが渡してくれたのは、残りの売掛けの金額が記されたメモだった。五十万あった売掛けは、残り四十六万八千円に減っていた。


終電で帰って、それから職場には辞める連絡をした。ちょうどこの前にお客さんから態度が悪いって怒られたから引き留められもしなかった。がんばって女の子が足りない日にも協力してやったのに。こうやってわたしはいつも色々な場所で尽して裏切られる。でも、カイトが新しく紹介してくれた仕事はがんばろうってそう思って、次の日からは新しいお店で働くことにした。ちょっと店は遠くなったけど順調に仕事も入ってお金も前よりたくさん入ってきた。

体を叩《たた》かれたり、縛られたりをしてお金が貰えるようになったって考えたら確かに、前までよりいいお仕事なのかもしれない。

それに、客なら顔は殴らないでくれるし、火傷もさせてこない。

プレイで蠟燭《ろうそく》を使うことはあるけれど、火を直接皮膚に当てる行為はNGだし、プレイ専門の蠟燭は温度が低いみたいで、タバコを押し付けられるよりはつらくなかった。

一本六十分で手取りが九千円。前のお店の二倍はお金が貰える。

毎日、少ない時でも三本は仕事が入るし、多いときはオプションも入れて十万円くらい稼げる日もある。このお店のいいところは、売上げの半分がカイトが働いているお店に直接支払われるところだった。それから、余ったお金のほとんどはカイトの口座に振り込まれる。二人の将来のために貯金をしてくれているんだって。その方が楽でしょって彼がわたしのことを考えてくれた結果だった。

だから、わたしはお給料を全額もらわないで交通費とは別に三千円だけ持ち帰る。

ちょっとだけ金銭的につらいときはカイトがお小遣いもくれたし、二人の未来のためならって我慢出来た。最初の一ヶ月はカイトが毎日メッセージではげましてくれたし。

でも、働き始めて三ヶ月経ち、今はカイトから連絡があんまり来なくなった。こういう時に限っておばあちゃんが言っていた「搾取される血筋」とか「怒っている神様をしずめる犠牲」なんて迷信を思い出す。

そんなんじゃない。カイトはわたしを愛してる。知らない神様だかなんだかが、人に利用されたのを恨んで祟《たた》ったせいで、わたしの血筋も人から奪われることしか出来ないなんて迷信、ばかみたい。カイトは、わたしを大好きで大切にしてくれている。だから、たまには、わがままを言っても良いって思っていた。

「なんだよこれ」

スマホを開いて、悪態が飛び出した。我慢出来なくなったのは、リナがアップしていたインスタの写真。ベッドで寝ている男の手が見切れている。匂わせってヤツだ。この骨張った手、写真越しでもわかる透き通るほどに白くて滑らかな肌、それに手首に巻いているターコイズブルーの石が嵌《は》められたシルバーアクセサリーは見覚えがある。この男の手はカイトだってすぐにわかった。

頭の中心がカッと熱くなる気がする。すぐに画面を切り替えて電話をかける。カイトは電話に出てくれたけど「知らない」としか言ってくれない。正直に言ってくれればわたしだって拗《す》ねたりしないのに。話の途中で電話を切って、それからお店に休む連絡をした。わたしは、今日カイトの店に行く決心をした。カイトが悪いんだよ。だって、大切な彼女が不安がっているのに、言い訳をしてその気持ちを無視したんだから。

わたしが嫌な思いをするといけないからって、カイトは店に来る時は絶対に連絡してねって言っていたけど、でも、今日はもう既にリナのせいで嫌な思いをしている。だから、関係ない。でも、店に行ってカイトが謝ってくれたら許してあげよう。心の広い女じゃないと、結婚生活は大変だから。お母さんみたいに四六時中キーキー喚《わめ》いたり、お父さんみたいに神棚に謝り続けたり、おばあちゃんみたいにお祖父《じい》ちゃんに蒸発されたりなんてしたくない。

メイクをして着替えをして、今日は怒られてもちゃんと謝ってくれるまで引き下がらないぞって気合いを入れて、わたしはカイトに会うために店の前まで足を運んだ。大切なあの人の彼女として。

「あの、困ります。ハヤトさんから、さあやさんは店に通すなって言われてるんで」

店の前にいたブサイクなホールスタッフが駆け寄ってきてわたしを見るなりそんなことを言ってきた。似合ってない明るい茶髪もバカみたいにデカい鼻も嫌い。

「は？　なんなのあんた？」

扉の前に立ちはだかるブサイクの胸を押しのけて扉を開こうとするけれど、生意気なことにブサイクはビクともしない。

「自分からカイトには伝えておくんで……帰ってください」

「うるせえなブサイク！　なんであんたなんかに指図されなきゃいけないの？」

スネあたりを思いっきりヒールで蹴《け》ると、ブサイクは僅《わず》かに顔を歪《ゆが》めた。でも、全然退こうとしないどころか、わたしの肩に触れようと腕を伸ばしてきた。

「さあやさん、今日は大切なお客様が来ているので」

「お前がわたしの名前を呼ぶな！　キモいんだよ」

ブサイクに名前を呼ばれるのもムカつく。手に持っていたバッグを振り回すとブサイクなホールスタッフの顎《あご》に直撃して、あいつは小さく呻《うめ》いた。それでも扉の前からは退こうとしない。

「嫉妬してるんだろ！　わたしが特別扱いされてるから！　痴漢！　触らないで！　変態！　触るなら金を払えよ」

思いきり体重を掛けてもブサイクは全然怯《ひる》まない。伸ばしてきたあいつの手が、わたしが振り回している鞄に当たった。

「うっわ……なにあれ」

クソウザい声が聞こえてきて、ようやく自分が通行人たちから遠巻きにされて見られていることに気が付いた。

「見てんじゃねえよアバズレ」

通りすがりにこっちを見てくる女、こそこそ何かを話し合っているカップル、全部全部ムカつく。わたしをバカにするな。わたしを憐《あわ》れむな。わたしは可哀想なんかじゃない。

「本気を出したらあんたらなんか消してやれるんだからな！」

わたしにはおごさまがある。カイトとの子供に使ってあげたい願いがあるから、がまんしてあげているだけで、その気になればバカ共を消してくれってお願いすることだって出来るんだ。イライラが最高潮に達してわたしが大声を張り上げていると、店の扉がやっと開いた。

カイトが迎えに来てくれたんだ。

彼氏だから、恋人が困っていたら助けにきてくれるのは当然だよね。

「もう！　遅いよ」

扉から出てきたカイトに抱きついた……気がしたけどいつものブルガリの匂いじゃなくて、柑橘《かんきつ》系の香水と少しの獣臭さに驚いて顔を上げる。

最悪なことに、わたしが抱きついてしまったのはハヤトさんだった。舌打ちをしたい気持ちになったけど、でも身の程知らずなブサイクのホールスタッフやこっちを見てきたアバズレ共に、わたしが特別だと知らしめるにはハヤトさんでも十分だ。

「ハヤトさぁん！　みんながいじめるんです！」

「あの、お客様、当店に何か御用でしたら奥でお話を聞かせていただきますので……」

他人行儀に口元だけ笑ったハヤトさんは、少し乱暴にわたしの手首をつかんで店内に引き入れた。

ちょっと強引なハヤトさんに驚きながら、わたしは「カイトに会いに来たんです」と口早に伝える。ハヤトさんと浮気をしているなんてカイトに誤解されたら大変だもん。

ハヤトさんに連れてこられたわたしを見て、店内がざわついているけれど、奥の部屋にいるであろうリナとカイトは見えなかった。クソ。カイトが迎えにきてくれないのも全部あのケバいだけの勘違い女のせい。ああいう女は騙されて、それで裏切られて全部奪われて酷《ひど》い目に遭えば良いのに。

ハヤトさんはわたしの手首を強めにつかんだままカウンターを通り抜けて、真っ黒な扉を開いた。連れて行かれたのは、小さくて無機質な部屋の入口だった。ハヤトさんはわたしをその部屋に押し込むようにしてから、扉を閉めた。

「あのさ、さあやちゃん、流石《さすが》にああいうのは困るよ」

さっきまでの柔らかな声色じゃなくて、少し怒ったようにハヤトさんはわたしに言うと、革張りの小さなソファーへ座らせた。

細くて鋭い目を、更に細めて怒るハヤトさんが怖くておもわず息を呑《の》む。どうしよう。

「……ここから動かないで」

冷たい声色でそう告げたハヤトさんが部屋から出ていったのを見て、すこしホッとする。あんなに怒っていても、きっと出禁にはならないはず。だって、わたしってば店で一番人気があってかっこいいカイトの特別な人だもんね。怒らないと部下とか単なる客に対して示しが付かないだけで、きっと今からカイトを呼んできてくれるんだ。

「それにしてもこんな場所、はじめて入ったかも！」

店内は華やかだけど、こっちは事務室？　っていうのかな。華やかで煌《きら》びやかな店内と違ってすごくシンプルな部屋だ。

部屋の奥にデスクがあって、わたしが座っている黒い革張りのソファーの前には白いローテーブルが置いてある。向かい側にも似たようなソファーがあって、あとは金庫と……ノートパソコンと灰皿。お酒とかの在庫は別の所にあるのかもしれない。

部屋の中を見ていると、乱暴な足音が近付いて来て、勢い良く扉が開いた。

ハヤトさんが入ってきたと思ったら、カイトの胸ぐらをつかんでいる。思わず立ち上がって二人の下へ駆け寄った。

「カイト！」

けれど、カイトの名前を怒鳴りながら呼ぶハヤトさんに強く肩のあたりを突き飛ばされて、わたしはソファーに腰を打ち付けてしりもちをついてしまった。

「てめーはなにしてんだよ！　店の前で自分の客を暴れさせて。斉藤はケガさせられたんだぞ」

自分を怒鳴りつけたハヤトさんに対して、カイトは全然言い返したりしない。こっちを見てくれた気がするけど、でもすぐに頭を下げちゃった。

わたしは客じゃ無いのに？　なんで？　斉藤ってあのブサイクなホールスタッフ？　あいつが嘘を告げ口したの？　許せない。わたしはただ店に入りたくて一生懸命だっただけなのに。

「あのブサイク！　告げ口したの？」

わたしが立ち上がろうとすると、カイトは「黙ってろ」と静かに言ってこっちを睨み付けた。

なんで？　わたしは悪くないのに？　でも、動くと怖いから、わたしはずっと座ったままカイトとハヤトさんを見ることしか出来ない。

「すみませんでした。きっちりこいつとは、話は付けておくんで」

「ああ、あと、リナちゃんを待たせるなよ。今日は追加でタワーを入れてくれるらしいから」

ハヤトさんの剣幕にカイトはビビってわたしを庇《かば》わないなんて……。ひどい。泣きたくなってくる。それにあのケバい女、追加でタワーとかバカじゃないの？　お金でしかカイトのことを繋《つな》ぎ止められない憐れな女。

「はい！」

「オレが対応しておくから、早く戻って来いよ」

「すみません。よろしくお願いします」

わたしがどんな気持ちなのかも知らないで、カイトは頭を下げたまま扉を開けて店内へ戻っていくハヤトさんを見送る。

静かに扉が閉まって、店の中から響いていた喧騒やBGMの音量が一気に小さくなったから、カイトが漏らした溜め息がはっきりと聞こえた。

「あのさ、カイト……」

誤解を解かなきゃ……そう思って立ち上がろうとして、ゴンっと鈍い音がした。少し遅れて耳が熱を持ち、それからじわじわと顔の右側が痛くなる。

なにが起こっているかわからなくて、チカチカと目の前が瞬く。床がすぐ横にあって、わたしは床に倒れていることに気が付いた。

カイトはとても怒っている。それだけはわかる。

「さあや、がんばってるのはわかるよ。でもさ、今日は大人しく家に帰れるよな?」

握りしめた自分の右手をさすりながら、口元だけ笑ったカイトは倒れたままのわたしの前にしゃがみこんだ。

「なんとかいえよ」

なにもいわないでいると、眉間《みけん》にシワを寄せたカイトが溜め息を吐きながらこっちを見下ろしてくる。

うなずきたくない。でも、きっと断るとカイトはわたしをもう一回殴る。今までは仕事ができなくなるからって、顔を殴ることはしなかったのに。

「かお、なぐられたら、しごとできないよ……なんで……カイト……」

涙も鼻水も勝手に出てくるので、それを手で拭う。這《は》いつくばりながらそんなことをしてるのが惨めすぎて顔を伏せると、カイトはわたしの前髪を乱暴につかんで無理矢理顔を持ち上げた。

「なあ、俺の話を聞いてねえのかよ。勝手に来るなって言ったよな？」

カイトの形の良い薄い唇の両端がもちあがって、普通の人よりも少しだけ尖《とが》っている犬歯がちらりと見える。

「今日はもう帰れ。な？」

だけど、目が全然笑ってない。わかってる。あの金払いだけはいいケバい女が、奥の部屋で待っているからだ。

「あの女がいるからなの？　タワーを入れたらわたしも店にいていいの？」

あいつのせいで、カイトはおかしくなってる。それにハヤトさんも。カイトが小さく「あ？」と言うのが聞こえたけど、言葉は止まらない。だってわたしはこれだけがんばったのに。こんなに尽していいるのに。

「タワー入れるのがそんなにえらいの？　わたしはカイトのために店に来ない日も稼ぎを渡してるのに？」

涙が止まらない。だっておかしいもん。あいつは自分に金を使えるから見た目だけは悪くなくて、それにカイトとの結婚資金を貯めてないから、ああやってバカみたいに、ホストにするみたいにたくさんのお金をこのお店で使える。

「わたしは知ってるよ！　リナ、ホスクラでは姫になれないからボーイズバーに来てるってこと！　カイトに本気なんかじゃないんだよ目を覚ましてよ」

　大切なカイトがあんな女に騙されて欲しくなくて、わたしは必死に訴える。ホスラブで書かれていたし、実際に過去のインスタの投稿を見たらバカみたいに病んだ投稿をして担当を捨てるって書いてあった。あいつはわたしと違ってカイトから色々奪おうとしてるクソ女だし、カイトを誰かの代わりにしてるんだよって伝えたかった。

「お金ならなんとかするから！　あんな女見ないで！　早く一緒にしあわせになろうよ」

　少しだけ間が空いて、カイトはわたしの前髪から手を離した。

　立ち上がって後ろを向いたカイトの方からライターの音がする。すぅっと彼が息を吸う音と、チリチリというタバコが燃える音が聞こえて思わず体を強ばらせた。

　また、タバコを押し付けて躾をされちゃう。神棚に向かって謝っていたお父さんが、わたしがおごさまに「たすけて！」って言った時に、怒って火を付けたタバコを押し当てて来るのを思いだす。

「ごめんなさい。たばこはやだごめんなさい……わたしもっとがんばるから」

「がんばるって具体的に言われねーとわかんねーよ、なあ」

　振り返ってしゃがみこんだカイトは、火が付いたタバコをこっちにむけてくる。それだけで怖くて体ががたがたとふるえてしまう。

「なんでもきくから！　カイトのいうこと！　わたし、不思議な力があるの！　一生に一度だけ、なんでも願い事が叶えられるから！　だからたばこはやだおねがいごめんなさい」

「不思議な力があるとか嘘吐くなよ。虚言癖」

嘲笑《あざわら》うような声だった。それでもお仕置きは怖くて、わたしは冷たい床に額を擦りつけながらカイトに謝り続ける。タバコの火は見えないけれど、つむじあたりに熱い何かが近付いて来て髪の毛が焦げたような嫌な匂いが漂ってくる。いやだ。ごめんなさい。

「ほんとうですほんとうですごめんなさいたばこはいやですごめんなさい。嘘だったら売掛けが二倍になっても三倍になっても何も言いませんから」

「へぇ……そっか」

頭のてっぺんを焦がすような熱源が遠ざかっていったのがわかった。ゆるしてくれたのかな。顔をあげると、カイトはタバコを口に運んで深く息を吸い込んでいた。

「ハヤトさんには俺からうまく言ってあげるから、言ったこと忘れるなよ」

タバコの煙が、天井に設置された換気扇に向かって、ゆっくりと生き物みたいに昇っていく。カイトの声が、さっきまでの怖い声じゃ無くて優しい、いつも通りの声に戻っていった。

ふわりと微笑んだ彼が、タバコを持ってない方の手を差し伸べてくれたので、わたしはその手を取って立ち上がる。

わたしを優しく立ち上がらせてくれたカイトは、そのまま一緒にソファーに隣り合って座った。

「さあやが俺のこと、本気で考えてくれてるってわかったよ」

そういうと、カイトはタバコをもう一吸いしてからゆっくりと煙を吐き出して、灰皿にまだ長いタバコを押し付けた。

「あのね、なんでも願いを叶えられるっていったけど、それは二人の将来の子供のためにとっておきたくて……カイトに隠してたのはダメかもだけど」

「ああ、まあいいよ。あとで詳しく話してよ」

前髪を撫でられて、わたしは説明を一旦《いったん》止めた。おこさまを気軽に使いたくないってわかってくれたかな。カイトは視線を少しだけ宙で泳がせた後にわたしの目を覗《のぞ》き込んで口の両端を持ち上げて笑う。

「帰らなくていいや。とりあえず、店が終わるまでここにいていいよ」

それから、カイトがわたしの顎に人差し指と親指を当てて、クイッともちあげた。そのままゆっくりとキレイな顔が近付いてくる。

こんなに近くで見るのにカイトのお肌は毛穴がないみたいにつるつるで睫毛《まつげ》も長くてキレイだし、唇だって艶《つや》やかだ。

そのままやわらかい唇が触れて、カイトの舌がわたしの口の中を優しく撫でる。少しだけ苦いキスは、大人の味がした。

「いい子にしてろよ」

それだけ言うと、カイトはぼーっとするわたしを置いて店の中へ戻っていく。金払いだけはいいケバい女と、ブサイクなホールスタッフ、それにわたしの言い分も聞かないで怒ったハヤトさんにはムカついたままだけど、許してあげようと思った。だってカイトがいい子にしてろよって言ってくれたから。

きっとハヤトさんもあとから謝ってくれるはず。そうしたら、ハヤトさんだけは許してあげよう。そう思った。


「なんで？　ねえ、今日タワーも入れたのにどういうこと？」

「リナちゃん、今はちょっと帰ってもらってもいいかな？　代わりに……」

閉店時間を少し過ぎてから、あの女がごねる声が微《かす》かに聞こえてきた。よっぽど大きな声をレジではりあげてるんだろうなって、いい気持ちになりながら耳をすます。

ハヤトさんの言葉は大きくないからあんまり聞こえてないけど、多分カイトはアフターにいけませんみたいなことを伝えてくれたんだと思う。カツカツという乱暴なヒールの音が遠ざかっていって、あの女が店から出て行ったことだけはわかった。

たぶん、あの女はタワーも入れたのに一人で帰ったんだろうなぁ。ざまあみろと思ってスマホをタップする。ＳＮＳの愚痴垢《アカ》に今日のことをちょっとつぶやいてスマホを置くと、ハヤトさんが一人で部屋に入ってきた。

「さあやちゃん、カイトから話は聞いたよ」

てっきりカイトが来てくれると思ったからびっくりした。ハヤトさんは怖いからなるべく二人にはなりたくない。カイトに勘違いされても困っちゃうし。

「あのぉ……カイトは？」

「見送りだよ。閉店作業が終わるまでもう少し待ってて」

それだけ言って、ハヤトさんは部屋を出て行った。

あんな自己中女をわざわざ見送りするなんてバカみたい。

一度は断っていたけど、もしかしてカイトはあのクソ女とアフターに行った？　高い金を払えばカイトの心まで買えると勘違いしているバカな女め。

あの女をなんとかすれば、カイトはわたしと一緒に暮らしてくれるのかな？　それなら一生に一度しか使えないおごさまに、お願いをしてもいいかもしれない。

本当は、カイトとの間に子供が生まれた時に、子供のために願い事をとっておこうと思ったけど。だっておばあちゃんはわたしに願いを使えばよかったって後悔してた。お父さんは……願いを叶えるなんて知らないみたいに、ずっとバカみたいに神棚に自分のおごさまを飾って謝っていた。

そんなことを思い出して腹が立ってくる。わたしは両親《あんな人たち》と違って、子供も愛せるし、大切にするに決まっているから。

そういえば、聞きそびれちゃっていたけどおばあちゃんは、おごさまにどんな願い事をしたんだろう。聞いておけば良かったなぁ。お父さんはわたしのためにおごさまの願いをなんで使ってくれなかったんだろう。でもおごさまを還しもしていない。謝るかわたしをタバコで躾ることしか出来ない最低な人だ。

「まだかな……」

一人だと田舎にいる両親やおばあちゃんのことを考えちゃう。やめよう。それにしても、ハヤトさんが顔を見せてから、少なくとも二十分くらい経っている。でも、この部屋には誰も来ない。控え室的なところなのかなって思っていたから、閉店作業をするときに他のスタッフたちも来ると思っていたけど扉が開くことはなかった。

みんなが使うロッカーとかは別のところにあるのかな。それとも、わたしがいるからみんな特別に気を遣ってくれているとか？　今日は怒られちゃったけど、だってわたしはハヤトさんが感謝するくらいカイトに認められている特別なパートナーだもんね。

まだ誰も来そうにないから、わたしは気持ちよくＳＮＳに事務所の写真を撮って載せた。

どうせ鍵垢《かぎ》だし、わたしをフォローしているのは冴《さ》えない風俗嬢たち数人だ。わたしみたいに大切な人に尽くしているんじゃ無くて、ホストに狂ってバカみたいに貢いでいるただの客。

そんなバカ女たちに「特別な存在になる」っていうのはどういうことなのか見せてあげるのも悪くない。

何枚か事務所の写真を撮って、彼氏の仕事終わりを特別に奥で待ってる！　と投稿したところで、足音が二つこちらに近付いて来た。

特にやましくないけれど、一応スマホを鞄にしまって扉を見る。怒られた時にスマホを見ていたり、本を読んでいたりすると「反省してない」ってお母さんや、学校の先生に怒られるし、大人になってからも職場のうざいスタッフに言われたことがあるから、きちんと反省していることがわかるように背筋を伸ばして眉尻を下げておく。

スマホをしまってしっかり座って、手は膝《ひざ》の上に置きながら扉の方へ視線を向けた。

「お待たせ。話はカイトから聞いたよ、さあやちゃん」

蛍光灯の下なのに、ハヤトさんの瞳《ひとみ》が金色に光って見えた気がして怖くて息を呑む。

思っているよりも、怒っているのかな。

隣のカイトはというと、ずっと俯《うつむ》いていて顔はほとんど見えない。けれど、口の端が少し切れて血が出ていることだけわかった。なんだかキレイな顎のラインも輪郭もいつもと違うような気がする。一瞬だけあのブサイクなホールスタッフが頭に浮かんだけど、慌ててそんなやつとカイトを関連付けようとした自分を後悔した。香水の匂いも、服もちゃんとカイトのものを身に付けてるし、疑うなんて良くないと思いながらも、わたしは違和感を口にした。

「カイト？　顔、腫れてる？　どうしたのそれ」

「立つな。座ってろ」

立ち上がってカイトかどうか確認しようとしたら、ハヤトさんに怒鳴られて体が固まる。その場でしりもちをつくようにソファーに座ったわたしの目の前に、二人は並んで座った。

柑橘系の香水みたいな香りがふわりと鼻をくすぐるけど、それでも誤魔化しようのない悪臭がどこかから匂ってくる。洗ってない犬とか、猫が子供を産んだときみたいな獣の臭い。

何か臭くないですか？　という間もなく、ハヤトさんは少し前のめりになるような姿勢になって話し始めた。

「カイトのいうことをなんでも聞くとか、売掛けを三倍にしてもいいって聞いたけど本当？」

「……あの、それは、ちがって……」

口の中が妙に乾く。緊張しているのかもしれない。声が掠《かす》れて、握りしめて膝の上に置いた手が震えているのが自分でも分かる。

「ねがいごとを……一つだけなんでも叶えられる力が……わたしにあって」

手が震えるから、声も震える。地元を出てからは言ったことがないことで、信じて貰えないかもって不安になる。

「不思議な力、ねえ。それって今使えるの？」

「それは、その、無理です」

ソファーの背もたれに体重を預けるようにして座り直したハヤトさんが、足を組んでこちらを見つめてくる。その声は冷たくて威圧的で、わたしは身を縮こまらせながら、しどろもどろになりながら質問に答えた。

「じゃあさ、売掛けを三倍にしてもいいってことだよね」

「い、嫌です！」

ちがう。おごさまの話をカイトに信じて欲しかっただけで、売掛けを増やして欲しいわけじゃない。慌てて提案を否定すると、ハヤトさんは眉尻を下げながら「ハッ」と短く息を漏らすように笑った。それから組んだ足を崩したハヤトさんが、上半身を少し前のめりにして、両手を広げながら質問を重ねてくる。

「じゃあ、それ以外のことにしてみよう。なんでもするってさ、人殺しをしてくれって頼まれたらどうするんだい？　君はカイトのために人を殺せるか？　それか……リナちゃんにカイトを譲れって言われたら聞くのかい？」

「無理……です」

「だろ？　無責任な約束をするのは信用を毀損《きそん》するってことだよ。わかる？」

どういうことかわからないけれど、首を横に振ったらハヤトさんが怒るような気がして、わたしはわからないまま頷いた。

脳天気に考えていたけど、自分で思っているよりも大変なことになっているのかもしれない。

それにさっきからカイトは黙ったままだ。わたしのこと、なんで庇ってくれないの？

「毀損された信用は、別のことで補塡《ほてん》しないといけないのはわかるよね」

「べつのことって……わたし……その」

「カイトとこれからも特別な関係でいるために、何をしなきゃいけないのかわかるかい？」

優しい声だった。口角を上げながらそう話しているけれど、ハヤトさんの目は怒っているのがわかる。獣の匂いがなんだか強くなっている気がして手に脂汗が浮かんでくる。どこから匂うんだろう。ハヤトさんがそんな臭いわけはない。だって顔がすごくかっこいいしスタイリッシュだから。カイトからもそんな匂いはしたことが無い。ついキョロキョロして臭いの元を探そうとしていると、ハヤトさんが口を開く。

「今、とても大切な話をしている。あちこち見るな」

偉そうに言われてムカついたし、カイトは黙ったまま俯いていて、どんな表情でいるのかわからない。わたしのことが好きなら、助けてほしい。特別な関係でいられなくなったら、カイトも困るはずでしょ？

「君はオレたちの信用を毀損した。わかるかい？」

難しい言葉だった。なんて答えていいのかわからないでいると、ハヤトさんは目を細めてにこりと笑ったあとにおもむろにソファーから立ち上がった。

「わからないか。そうだよね。それはそれをさあやちゃんに教えなかったカイトの責任だ」

にっこりと微笑んで、立ち上がってわたしに背を向けたハヤトさんは、そのまま流れるような動きでカイトの頬を平手で思いきり叩いた。

「っ……」

顔をあげないままカイトが顔を背ける。ハヤトさんは怒りが収まらないのか、もう一度腕を振り上げた。気が付いたら、わたしはそんなハヤトさんの腕にすがりついていた。

「やめてください！　わたしが悪いです。ごめんなさい……だから」

「やめてもいいけど、君は毀損した信用を埋め合わせるために何を差し出す？」

そのまま腕を振り払われて、わたしは体を投げ出される。

テーブルに腰を打ち付けて痛い。でもそんなわたしを気遣う素振りなんてハヤトさんはしないまま、腕を伸ばしてわたしの顎をつかんだ。

「君は毀損された信用を埋めるためになにか捧《ささ》げなければいけない。実家の権利書でもいいよ。知っているよ。それなりに大きい家なんだろう?」

「実家は……こま、こまります。あの、その田舎で……養蚕くらいしかしてないし、ただ……歴史が長いだけの普通の……普通の家だから」

家にまつわる変な事情は隠しておこうって思ってそう言うと、スッと目を細めたハヤトさんが、座ったままのカイトに向かって腕を振り上げる。

体が反射で動いた。わたしはハヤトさんの腕の下をくぐり抜けて、カイトに覆い被さる。いつもより体が分厚いのは洋服のせい? 違和感を確かめようとカイトの顔を覗き込もうとしたけれど、背中に拳《こぶし》がめり込む感触がして、わたしはそのまま地面に這いつくばるように倒れた。鈍い痛みがじわりじわりと広がる。でも、殴られるのはお店で慣れているし、火傷みたいに痕も残らないから、平気だ。

それよりも、わたしがちゃんとしないとカイトが酷い目に遭っちゃう。可哀想なカイト。

息を呑むような音が聞こえたけど、カイトの顔は見られなかった。すごい力で肩をつかまれて、わたしはまた床に放り投げられる。

「あの、これ……これです。これ、みてください」

四つん這いになってソファーにかけよりながら、わたしは鞄からスマホを取りだした。

カメラロールをスクロールして、かなり前に撮影をしたおごさまをハヤトさんに見せる。

スマホを奪うように取り上げたハヤトさんが、首を傾げながらわたしが見せた画面をそのまま見せてくる。

「そんなものを見せて何がしたい？」

「ちがうんです！　これは、その……わたしの家の守り神みたいなもので」

一瞬だけハヤトさんの瞳孔《どうこう》が細くなって、それから口角が持ち上がる。ばかにしているのか、それとも許してくれたのか判断出来ない。

昔、こっちに来てから出来た友達におごさまのことを教えて、ばかにされたのを思い出す。カイトに話したときだって、たぶん信じてない感じだったから……仕方ないかもしれないけど。

「現物を見てみたいな。それが本物なら、一考の余地はある」

ハヤトさんはわたしから奪ったスマホをこっちに放り投げるとばかにしたような口調でそういった。

軽くわたしの体を足先で小突いてから、口元だけで笑うハヤトさんはとても怖かった。体が震えて、声が勝手にうわずる。

「あ、あの……願いを一つだけなんでも叶えられるんです……たぶん」

「それが本当なら、一回使ってくれればさあやちゃんをカイトの特別なパートナーだってまた認めてあげる」

「で、でも、一生に一度しか使えないから……」

「……じゃあ、そんなもんゴミと一緒だろ。やっぱり実家に行くしかねえか？」

怒鳴ったハヤトさんが、素早く後ろを振り返りながらカイトのお腹に膝蹴りを入れた。

それでも、カイトはなにもいわない。ただ、顔を俯けたままお腹をおさえて呻くだけだった。

立ち上がってカイトを守ろうとしたわたしを突き飛ばしたハヤトさんは、もう一度ゆっくりと彼に向かって腕を振り上げた。

「……ぐ」

こんな時にもカイトは俯いたままだった。普段ならハヤトさんから怒られていても、自分が悪いと思わないなら言い返したりするのに……。ずっと俯いたまま黙って殴られているカイトは、まるでカイトじゃないみたい。それだけ、わたしがやったことに責任を感じてくれているのかな？　自分のしでかしたことにようやく気が付いて、心臓がぎゅってにぎられたみたいに痛くなる。

「あの、つ、つかいます！　でも、あの！　体の一部を……捧げないといけないんです。だから、一生に一度って……おばあちゃんも、それで腕を失って……それにおごさまを使ったらお還ししないと悪いことが起きるから」

ふりあげたハヤトさんの腕が止まって、微笑みをうかべたままの彼がこちらを向いた。

接客をしているときと同じような優しそうな笑顔。薄い唇と牙《きば》のように見える犬歯、それに薄い色素のやわらかそうな髪に、金色に見える瞳……。

いつもと変わらない表情を浮かべているから余計に怖かった。息を呑むと悲鳴のような声が思わず喉から漏れる。

「なんだ……腕くらいか」

ハヤトさんがそういうと同時に、わたしの腕をつかんだ。

それから、わたしをうつぶせにしたままソファーに押し倒して、背中を踏みつける。嫌な予感がして、わたしはバタバタと手足を動かすけれどハヤトさんはビクともしない。

「ほら、これで無くなっても良くなった」

鈍い音と、瞑っていたまぶたの裏がチカチカとするような激しい痛みと、同時に楽しそうに笑うハヤトさんの声が聞こえてきた。

自分の叫び声で頭が割れそうになる。

もう一度ゴキンという嫌な音が聞こえると同時にわたしは意識を手放した。

二　贄の児

「あんたなんて生まれなければよかった！　かやを返して！」

お母さんがわたしの頭を殴る。

テストの点が悪かったとか、手伝いを忘れちゃったとかそういう理由でいつも怒る。

それから、わたしが生まれた時に死んじゃった双子のお姉ちゃんを返してっていつも言う。お姉ちゃんの名前は「かや」らしい。

「ぐず！　出来損ない！　なんでこんなこともできないのよ」

「かやに恥ずかしいと思わないのか！　お母さんを泣かせるな出来損ないが」

お母さんに触発されたのか、顔を真っ赤に染めたお父さんが、突き飛ばされて動けないわたしの二の腕に火の付いたタバコを押し当てた。お父さんは、神棚に供えてあるお父さんのおごさまに何かぶつぶつ話しかけて謝っているか、酔っ払ってわたしを叩《たた》いてくる。

撫《な》でられたり褒められたりした記憶なんて無い。

「ごめんなさい！　おかあさんごめんなさいおとうさんやめてよ」

痛くて暴れてひっくりかえると、家具に手足がぶつかって色々なものが落ちてくる。お姉ちゃんの分だけ使われていないから飾られていたベビー服やオモチャたち。使わないんだから捨てれば良いのに、未練たらしくずっと飾ってあるのが悪い。でも、お姉ちゃんのものを落としたり傷付けたりすると、お母さんはますます大きな声を出すし、お父さんもわたしの髪をひっぱりながら殴る。

「おごさまたすけて！　おごさま」

わたしは自分のおごさまをポケットから取りだして、ギュッと胸元で抱きしめた。

痛くて涙と鼻水で顔がぐちゃぐちゃになる。なんでよく知らないお姉ちゃんのためにわたしは殴られているんだろう。わたしが代わりに死んでいればお母さんもお父さんも笑ってくれたのかな。

「おごさまになんて願うんじゃねえ！　あんなばけもんこの代でしまいにすんだ」

「人を祟《たた》る神様の犠牲なんてうんざりだ」

お母さんもお父さんもわけがわからないことをいう。祟られている家系だとか不幸な家って学校のいじめっ子はいうけど、わたしは違う。確かにお父さんとお母さんは祟られているのかもしれないなんてぼーっとそんなことを考えはじめると、だいたいいつも遠くから足音が近付いてくる。

「さやに当たることねえべ」

　農作業から帰ってきたおばあちゃんが慌てたように部屋に入ってきた。お母さんもお父さんも、おばあちゃんを殴らない。わたしを庇《かば》うように抱きしめてくれたおばあちゃんにキモいとか化物って言ったりはするけど。おばあちゃんは、お母さんに言い返したりはしないで、悲しそうな表情を浮かべながらわたしの手を引っ張って部屋から出してくれる。

「きっと、おごさまが幸せにしてくれるからね。今はがまんするんだよ」

　おばあちゃんは、泣いているわたしを自分の部屋につれていってくれると、わたしに桑の実を食べさせてくれた。それから、ときどき黒塗りの箱の中に置いてあるおごさまの表面を触らせてくれるんだ。

　おばあちゃんのおごさまは熟した桑の実《どどめ》色をしていて、キレイだった。

　でもおばあちゃんは、わたしのおごさまが入っている白い繭が好きみたいで、少しだけでこぼこしている繭の表面を指でそうっと撫でながら「ばあちゃんのおごさまは還《かえ》されちまったからな」って言っていた。

「おめえの父さんはおごさまに謝ってばっかだけど、さやはおごさまを大事にしてっからな。きっと幸せにしてくれんべ。あのおごさまも、いつかは還さなきゃいけねえのにあんなとこにほっとかれて可哀想になぁ」

いつもそういってわたしの頭を撫でてくれたおばあちゃんのことは、可哀想だとも思っていたけど、それと同時にとっても大好きだった。

おごさまは、本家の長子に持たされる大切なものなんだって。いつか生まれる子供のためにも、新しいおごさまをどうやって作るのかを聞こうと思ってた。だけど、おばあちゃんは死んでしまった。病気だったらしいってことだけお母さんからのメールで知った。でも、わたしは地元に帰らずに、お葬式に出ないことを選んだ。お金がなかったのもあるけど、ちょうどメールを見た後に、カイトとはじめて喧嘩《けんか》をして、スマホをこわしたからだ。カイトがお金を出してくれて機種変更をして電話番号もメールアドレスも変えたから、今はお母さんとお父さんからの連絡は来ない。だから、今は家がどうなっているのかもわからない。そうだ。おばあちゃんは死んだのに、なんでここにいるんだろう？

「おごさまに願いを叶《かな》えてもらったらちゃんと還さなきゃなんねえ。じゃねえとおごさまに喰《く》われちまうからなぁ」

「おごさまは良い神様なのに？」

「おごさまに願い事をするとな、おごさまの気持ちがわかるようになっちまうんだ。おごさまの声をずうっと聞いてるとな、だんだんおかしくなっちまうんだとよ。ばあちゃんのばあちゃんはそれで鎌を持ちだしてな」

「そんな話聞きたくない！　わたしなら、おごさまと仲良くできるもん」

「さやならそうかもしれねえなぁ。でも気をつけるんだよ。おごさまに何度も自分を捧《ささ》げると魂を喰われるよりも怖《こえ》えことが起こるって言われてるからなぁ」

小さなころに交わした懐かしいやりとりだった。おばあちゃんはそのやりとりをしたあとは決まって自分のおごさまがしまわれた箱を愛《いと》おしそうに撫でるのだった。それから、おばあちゃんは優しくわたしの頭も撫でてくれる。

にっこり笑ったおばあちゃんはいつもみたいに寂しそうな顔をして、もうない左手を右手でさする。

そういえば聞いたこと無かったな。おばあちゃんは、おごさまに何をお願いしたんだろう。

おばあちゃんって声を出す前に、優しかったおばあちゃんの顔がどんどんぼやけていく。どんどん体が浮き上がる感覚がして、それから左肩から背中にかけて鈍い痛みが広がっていく。

「お疲れ、リク兄ちゃん。交代するよ。薬、ちゃんと飲ませた？」

夢かって気が付くと、同時に聞いたことが無い甘えたような少し子供っぽいような話し方のカイトの声が耳に入ってくる。同時に車の扉がバタンと響いた音と、振動が一緒に背中あたりに伝わってきてあまりの痛さについ目を開く。

動きにくい中、顔だけをなんとかあげると、ちょうどカイトが車の後部座席へ乗ってきたところだったみたい。

おばあちゃんの夢、久し振りに見たなって思って懐かしくなったけど、それよりも、今はカイトがそばにいることがうれしい。

「カイトぉ」

両腕を伸ばしてカイトに抱きつこうとして、左腕が硬いもので固定されていることに気が付いた。鈍い痛みが肩から肩甲骨あたりに走って思わず顔をしかめると、カイトが水を差しだしてくれて飲ませてくれる。

もう一度、車のドアが閉まる音がする。少し遅れて運転席に乗った人物は、ブサイクなホールスタッフだった。

生意気なことにニット帽とマスクをしている。芸能人気取りみたいでちょっとムカついたけど、車を運転するのがハヤトさんじゃなくてよかったと思えるから今は許してあげる。

走り出した車は、どんどん郊外の方へ向かっていくみたいだった。山に捨てられたりしないよね？　と少しだけ不安になるけれど、なんとなく知っている道に入ってきたので安心して、カイトに気になることを聞いてみることにした。

「ハヤトさんは？」

「帰った。仕事があるからカイトが責任を持ってやれってさ」

車の窓から差し込む日差しは眩《まぶ》しくて熱いし、それに体全体がダルい。

おばあちゃんの夢を見て、ちょっと幸せだけど総合的には嫌な気分だ。

「昨日は大変だったな。でも、俺のこと庇ってくれてうれしいよ、さあや」

「ハヤトさんもひどいけど、カイトもひどいよ。なんであの時は、何も話してくれなかったの」

昨日のことをどこか他人事のように話すカイトの顔を改めて見つめる。ちょっと怒ったけど、カイトも昨日は、ハヤトさんに殴られて輪郭のラインが変わるくらい顔が腫《は》れていたし……慰めてあげようかな、なんて思っていた。けれど、よく見てみるとカイトの怪我はひどくなかったみたい。

あんなに腫れていた頬の腫れも引いているみたいだし、昨日は顔をほとんど見られなかったけれど、ちらっと見た時に口の端が切れていたはず。でも、それもない。化粧でうまくカバーしているからか傷痕《あと》は目立たなくなってる？　それか、もう治ったとか？　流石《さすが》にそれはないか。

「俺が余計なこと言って、さあやが殺されたら洒落《しゃれ》にならないだろ？」

「確かにそうだけどさ……」

キレイな顔のカイトが、殴られて顔がブサイクになったら大変だけど、そうじゃないならいっか。

心配事が少し減ったけど、一応、まだ怒ったふりはしておく。

わたしを庇ってくれなかった理由に対してだって、ポーズとしては頬をふくらませているけど、一応納得はする。だって昨日のハヤトさんはすっごく怖かったから。

わたしがちょっとカイトとの約束を破ったくらいであんなに怒るなんて。DVとかするタイプなんだろうな。カイトほどではないにしても顔がいいのに、あんな人と付き合ったら大変そう。

「ハヤトさんもやりすぎたって反省してて……お前に痛み止め打ってくれたんだぞ」

「へぇ……」

考えごとをしているから適当な返事になっちゃった。でも、カイトは気にしてないみたい。それにしても、なんでカイトと二人っきりじゃないんだろう。カイトが運転してくれたらよかったのにな。でも、後部座席でこうやってくっついていられるからいいかな。カイトから漂ってくるブルガリの香りを肺いっぱいに吸い込んでいると、車がゆっくりと止まったので車外へ目を向けた。

どこかと思ったら、わたしの家の近くだ。業務用っぽいダサい車だけど、家にまで送ってくれるなら、まあ、ハヤトさんも本当に反省してくれているのかもしれない。だって、お店の車でわたしを送るなんて、まるで身内扱いってやつみたいじゃない？

でも、ここで許したふりなんてしたらチョロいと思われてしまう。

だから、まだちょっと怒っているふりくらいはしておいた方がいいかも。

「……でも、痛いもん。ハヤトさんのこと訴えちゃおうかな。カイトだって昨日あんなに酷いことされたのに」

一瞬、カイトの表情が強ばった気がした。そのまま腕を伸ばしてきたから、体に力を入れる。

やりすぎちゃった……多分殴られる。

「え」

そう思ったけれど、伸びてきた腕は、わたしの腰に回されて、そのまま体を抱き寄せられた。

「ハヤトさんと険悪になったら、お前とこうしてられないじゃん」

口を塞《ふさ》ぐようにわたしの唇に形の良い唇が重ねられる。腰に手を回されて、口の中を温かくて甘いカイトの舌にゆっくりと撫でられると、まだ残っていた鈍い痛みが溶けていくような気持ちになる。

なんとなくうまく誤魔化されている気がするけど……いっか。

「じゃあさ、昨日話してたらしい例のもの、取りに行って」

わたしはのろのろと車を降りて、一緒に車を降りてきてくれたカイトに肩を支えられながら自宅へと向かった。

部屋は相変わらず足の踏み場もない。中には入らずに、靴箱の上に置いてあるうすピンクの和紙製の箱をそっと取って胸元に引き寄せた。

「ああ、それが前に言ってたお守り？　みたいなやつだったんだ」

「そう。なんでも願い事を叶えられるっておばあちゃんが言ってた」

「じゃあ、超大金持ちになれますようにとか願えばいいんじゃね？」

昨日のことを覚えてないみたいにカイトが軽口を叩く。カイトはノンデリなところがある。そこがいい時もあるんだけど、流石に少しムカついて、わたしは頰を膨らませて怒っているとアピールした。

「そんな簡単に決められないよ！　だって、体の一部をあげなきゃいけないから。それに……願いを叶えたら、おごさまは、どこかに還さないといけないから……」

「ごめんって。とりあえず、その腕じゃ仕事もしばらく無理だろ？　手伝って欲しいことがあるからさ」

カイトが素直に謝ってくれる。こういうところが憎めないし、好きなんだ。わたしがおごさまを持っているから、カイトが代わりに部屋の鍵《かぎ》をしめてくれた。それから、肩に腕を回して、わたしを支えてくれながら階段をゆっくりと下りてくれる。

車にブサイクなホールスタッフがいるのはムカつくけど、今は許してあげる。

「店に戻ろうぜ」

「え？」

「さあやはケガしてしんどいだろ？　事務室で寝てていいってさ」

「どういうこと？」

意味が分からなくて、わたしは思わずカイトにそう聞き返していた。あの店の事務室で寝るくらいなら、家で寝ていたい。

「逃げるなよってことだよ。俺はさあやがそんなことしないって信じてるけどさ。ハヤトさんはそうじゃないんだって」

カイトは「ハヤトさんがいうなら仕方ない」みたいな顔をしている。今はいいけど、結婚して子供が出来たらこれじゃ困るかも。わたしと子供を守らないといけないのに、ハヤトさんの言いなりだとやっぱりパパとしても格好が悪いよね。今から、少しずつでも自覚を持ってもらわなきゃ。

「そんな……わたし、こんな目に遭ったのに？　まだ疑われるの？」

「毀損《きそん》した信用は簡単には戻らないだっけか？　なんかそういうことらしい」

信用を毀損した……わたしも意味がわかってないけど、カイトも意味はあんまりわからないらしい。ただ、ハヤトさんは、わたしがとった昨日の行動をとても怒っているんだってわかったから、何も言い返せなかった。ズキズキと鈍く痛む半身は、ハヤトさんの表情を思い浮かべるといっそう痛みが増してくる気がする。

将来のことをカイトに考えて欲しいけど、今はやめておこう。ハヤトさんにカイトがまた殴られたら可哀想だし。

ブサイクが運転する車は、繁華街まで戻ってきた。昼間の繁華街はちゃんとしたスーツを着ている人がたくさんいて、なんだか夜の街とは別の場所みたい。カイトもいつかはこうして昼間に働くようになるのかな。それとも、どこかのバーのオーナーとか内勤になるのかな。チャラい格好も似合っているけれど、カチッとした高いスーツを着るカイトもカッコいいな……なんて想像をして、左腕から広がる脈打つような痛みを誤魔化す。

車が細い路地に入って止まった。車から降りて、カイトに支えられながら店の裏口へと進んでいく。店の裏口へは初めて来たけれど、ここは生まれたての仔《こ》猫くらいの大きさをしたドブネズミの死骸《しがい》や、何かの動物の骨が転がっていて気持ち悪い。死骸をついばんでいたカラスがわたしたちに気がついて喧《やかま》しく鳴きながら飛び立っていった。カイトもブサイクなホールスタッフも慣れているのか、顔を顰《しか》めたのはわたしだけだった。昨日の獣臭さはきっとここから流れ込んできたんだろうなって思いながら、無機質な銀色の扉を開く。

狭い通路を何度も曲がると、鍵の付いた重そうな扉に辿《たど》り着いた。ブサイクなホールスタッフが手慣れた手つきで鍵を回して扉を開くと、そこはわたしが昨日ハヤトさんに腕を折られた部屋だった。昨日と違うのは、革張りのソファーの上にベージュの毛布が一枚置いてあるくらい。

「あとこれ、痛み止め。さっきから痛いの我慢してたろ？」

わたしをソファーに座らせたカイトは、デスクの中から青色の錠剤が入った小瓶を出してわたしの前に置いてくれた。それから、ミネラルウォーターのペットボトルを小型の冷蔵庫から出してくれる。

「ありがと」

蓋《ふた》を代わりに空けてもらって、数粒の錠剤を出してくれるカイトの声がとっても優しくて、腕が使えないのは不便だけど甲斐甲斐《かいがい》しくお世話をしてもらえるのなら、腕が使えなくなってもいいかもなって思った。それに、今は義手とかもすごいのがあるみたいだし。

薬を口に入れると、舌にこびりつくような苦みが一気に広がる。水で流し込むようにして飲んでからわたしは横になった。

「そばにいて」

「仕事まではそばにいるから、ゆっくりしてろよ」

額をこつんとあててくれたカイトは、わたしの右手を握ってくれながら微笑んだ。薄い灰色の虹彩《こうさい》はキレイで、そこに映っている自分を見るとわたしまで少しキレイな生き物になったみたいに思える。

あたたかいカイトの体温を感じながら、わたしは目を閉じた。


しばらくして、扉の外から聞こえる喧騒で目が覚める。部屋の中には、もうカイトはいなかった。仕事まではそばにいる……が本当だったのかはわからない。カイトを探したくて起き上がろうとしたけれど、片手だとなかなか起き上がれない。

「もう！　信じられない」

怒りのあまり、つい大きな声を出す。でも、この声は誰にも届かないことも分かる。営業中の店内はざわついていて、少しくらい騒いでも誰も気にしないから。

やっとの思いで立ち上がって扉の前に立ったは良いけどガチャガチャと虚《むな》しくドアノブだけが動いて、扉はビクともしない。店側の扉も、わたしたちが入ってきた扉もどっちもそう。部屋の一角にはトイレがあったから助かったけど、やっぱり片手だと色々やりにくくていらいらする。

閉じ込められた。スマホならある。警察にでも通報してやろうか……って思ったけど、そんなことをしたらカイトも逮捕されちゃうかもしれないからやめておいてあげる。

テーブルの上にあったミネラルウォーターを飲み干して、もう一眠りしていると控えめなノックの音が響いた。

ちょっと寝るだけのつもりだったのに、閉店時間まで寝ていたみたい。体を起こして返事をすると、ゆっくりと扉の鍵が回る音が聞こえてくる。

「さあやちゃん、昨日はごめんね」

扉を開くなり、ハヤトさんは穏やかな笑みを浮かべて謝ってくれた。

「まあ、はい」

色々言いたいことはあったけど、わたしは大人で、それにカイトの特別なパートナーだからうるさいことは言わないであげた。

そのままもう誰もいない店内に連れて行かれて、ベルベットが張られた大きくて赤いソファーがある席に案内された。

「カイトは……」

「一度帰らせたよ。今日はずっと君につきっきりだったからね。今ここにいるのは斉藤と、オレだけだ」

ブサイクなホールスタッフとハヤトさんだけが閉店後の店内には残っているらしい。

それだけわたしに告げて席を立ったハヤトさんは、カウンターの奥へ向かう。そんなハヤトさんの背中を目で追ってから、わたしはこっちを見ているブサイクなホールスタッフを睨《にら》み付ける。

ムカつく。ブサイクのくせにわたしを見つめるなんて。ホールスタッフとはいえ、ハヤトさんやカイトと一緒にいるのも身の程知らずすぎる。ブサイクなホールスタッフはわたしに睨まれていることに気が付いたのか小さな目を自分の爪先へ向けて俯《うつむ》いた。そうだ。お前は下だけ見て生きているのがお似合いの可哀想なやつなんだ。身の程を知ってほしい。

店内にはクラシックみたいな音楽が流れている。でも、わたしだけのために流されているバイオリンの音がキレイな曲名もよくわからない音楽も、カイトがいないなら虫の鳴き声と変わらないくらいつまらない。

カウンターの奥から戻ってきたハヤトさんは、唇の両端を持ち上げてキレイな微笑みを浮かべながら黒い瓶に入ったお酒をアイスペールに入れて持ってきた。

オレンジ色の光で透かされた髪が光っているように見える。ハヤトさんも、カイトほどではないけれどかっこいいんだなって改めて思う。

もちろん、怒ってわたしの腕を折ったような人だから、わたしがなびくわけないんだけど。

テーブルに二つ置いた細長い脚付きのグラスに、かき氷みたいなふわふわの氷を入れたハヤトさんが、ボトルからシャンパンを注いでいく。

「この店で一番高いシャンパンだよ」

金色の液体が立てるしゅわしゅわという音を聞きながら、わたしは対面にいるハヤトさんを見た。

どうしよう。いくらなんだろう。カイトもいないのにそんなお金、払いたくない……。

「……昨日、言っていたモノが本物なら、これを飲ませるくらい惜しくないってオレからの気持ちだよ」

ハヤトさんは、わたしの心の中を読んだようなことを言うと、足を組みながらこちらに手を差し出してきた。

「で、君の守り神とやらを、出してもらおうか」

「は、はい」

わたしは、和紙製の箱に入ったままのおごさまをポケットから取り出してハヤトさんに差し出した。

カイトはなんでいないんですか？　と聞けないまま、爪までキレイに手入れされているハヤトさんの長い指を見る。

箱を受け取ったハヤトさんが、蓋を開いておごさまを取りだした。手のひらの上にのせたおごさまをハヤトさんが見ている間に、離れた場所にいるブサイクを睨み付けた。あいつは相変わらずマスクで顔のほとんどを隠していた。よく見ると汚い茶髪が黒髪になっている。お前なんかが髪を染めたくらいでカイトみたいになれると思っているのかよって怒鳴りたくなる。怒鳴ってやろうと思ったタイミングでスマホが震えた。画面を見るとカイトからのメッセージが届いている。ハヤトさんはおごさまをまだ見ているし、少しくらいスマホを見ても大丈夫そう。画面をタップしてメッセージを開くと「二人の将来のためにがんばろうな」と書いてあった。だから、カイトにめんじてバカな下働きのホールスタッフのことは許してあげようと思う。わたしを不快にさせたんだから、お詫《わ》びの一つもしていいと思うのに、あいつはすました顔で壁際に立っている。

イライラするし、あんなブサイクを見るのはやめておこう。シャンパンは好きじゃ無いけれど、全く飲まないのも悪いし、もったいないし……そう思ってわたしは手でもっているだけだったグラスに口を付ける。

「へえ。写真で見たときは、もっとショボいものかと思っていたけど……」

ハヤトさんがようやく口を開いた。おごさまを人差し指と親指で摘まんでシャンデリアの光に透かしてみたり、角度を変えたりあちこちから眺めながらそう言ったハヤトさんの表情は、新しいオモチャを手に入れた男の子みたいだった。おごさまは、光に表面が照らされてきらきら光っていてすごくキレイに見える。

ハヤトさんが繭をゆっくり揺らすと、中にいるおごさまが微《かす》かに乾いた音を立てる。

昨日あれだけ怒っていたから、ハヤトさんはわたしのおごさまを潰《つぶ》そうとするのかなと不安に思っていたけれど、そんなことをする様子はなくてちょっとホッとした。

「本家の跡継ぎがもらえるんです。お父さんは……その、神棚に供えっぱなしだったけど」

「へぇ……。幾つかある感じなんだ」

箱の中におごさまを戻したハヤトさんは、空いたグラスに手酌でシャンパンを注ぎながらそう言った。

「えっと……たくさんはなくて……、お父さんの分くらいしか知らないです。その、おばあちゃんは使っちゃったし、使ったおごさまは、お還ししないといけないらしいから」

「本人にしか使えないとはいえ、複数あるのか。じゃあさっそく、使ってみてよ」

　顔を上向きにしてハヤトさんはシャンパンを呷《あお》った。白い肌に浮かび上がる喉仏《のど》を大きく上下させた後、こちらを真っ直ぐに見つめてきた彼は、おごさまにお願いすることをなんでもないことみたいに言った。

「え」

　わたしからグラスを取り上げたハヤトさんは、持っていたおごさまをわたしの手の上に置いて、壁際に立っていたブサイクなホールスタッフの方へ視線を向ける。

「そうだなー。なあ斉藤、きて」

　手招きをされて、のそのそとブサイクがこちらへやってきた。

　カイトとハヤトさんに特別扱いされているわたしがうらやましいからか、すごい形相でこっちを見ていてムカついてくる。なんでわたしがそんな目で見られないといけないの？

「さあやちゃん、こいつにちょっと痛みを与えてみてくれる？　殺さないでくれよ」

「こ、こいつを？　なんで？　い、いやです……」

　こいつのことは確かにムカついているけれど、それでも、こんな取るに足らないやつのためにわたしが自分の体の一部を犠牲にしなきゃいけないなんていやだった。

「勘違いしてない？　さあやちゃんが今ここにいるのは、毀損した信用を取り戻すためだよね。その繭が本当に使えるモノなのか証明できるって言ったよな」

この前みたいに、ハヤトさんの瞳《ひとみ》が金色に光ったように見えた。それからどこからともなくまた獣臭さが漂ってくる。なんなのって思っている間に、ハヤトさんがグラスをテーブルに置いて立ち上がった。

「あ、あの……でも、おごさまを何度も使うと、悪いことが起こるって……」

声が震える。あの時は、カイトが殴られるのを見るのが嫌で咄嗟《とっさ》に「なんでも願いが叶えられます」なんて言っちゃったけど、おばあちゃんは一生に一度しかおごさまを使えないって言っていた。そのあとは、悪いことが起きるから還さないといけないって。

「まあ、無理強いはしないよ。カイトにちゃんと躾《しつけ》をしとけって説教するだけだからさ」

大きな音がして、体がビクッと跳ねる。ハヤトさんがシャンパングラスを壁に思いきり投げつけた音だった。

割れたガラスの欠片《かけら》がちらばって、ぶあついカーペットに残っていたシャンパンが染みこんでいく。

また、カイトが酷い目に遭っちゃう。

手が震える。どうしよう。でも……。

ずきんずきんと昨日ハヤトさんに折られた腕の痛みが増してくる気がするし、キーンという耳鳴りもしてくる。ハヤトさんが立ち上がって、おごさまを持っているわたしの手にそっと自分の手を添えてきた。

「カイトもバカじゃない。自分の為に犠牲を払った相手の責任くらいは取るよ。さあやちゃんも知ってるだろ？　あいつはああ見えて優しいやつだって」

肩に手を伸ばされて、彼の方へ上半身を引き寄せられる。それから、耳元に甘い吐息と声がかけられた。

緊張で飲み込めなかった唾《つば》をゆっくりと飲み込んでから、わたしはハヤトさんの隣に立ってジトッとした目でこちらを見ているブサイクにマスクを外すように言った。最初は動かなかったブサイクも、ハヤトさんに「外してやれ」って言われてマスクをしぶしぶ外した。

わたしの言うことは聞かないのに、ハヤトさんの言うことなら聞くこともムカつくし、エラが張っていて出っ張っている頰にはなぐられたみたいなきたない痣《あざ》があるし、まるっこくて潰れたニンニクみたいな鼻もぶつぶつしていて汚い肌も分厚くてかさかさしているしなんか傷があってかさぶたのある唇も、驚いているのか見開いているくせに小さい目も全部きらい。

息を吸って、わたしはおごさまを軽くにぎりこむ。

「わかりました」

目を閉じる。どうすればおごさまが願いを聞いてくれるのかはぶっちゃけわからない。でも、やるしかない。カイトのために。

おごさまの繭を右手で包んだまま、手の甲を額に当てる。

お願いします。あのブサイクにわからせてあげてください。ちょっとだけ酷い目にあわせるだけでいいです。ムカつくブサイクに身の程をわからせるだけでいいです。

お願いしますお願いします。あのブサイクが悪いんです。あいつはいつもわたしをいやらしい目で見てくるし本当はカイトに嫉妬《しっと》しているに決まっています。カイトのことをいつか害するかもしれない。だってブサイクは心も汚いに決まっているから。あいつは痛い目に遭うべきだ。田舎から出てきたくせに調子に乗ってブサイクのくせにこんな夜の店で働いていて、下働きしか出来ない無能な奴隷のくせに。ハヤトさんだって迷惑しているに決まってる、だからわたしにあいつを痛い目に遭わせろって言ったんだ。おねがいしますおねがいします左腕をあげますから。おごさま。

「う……あ」

声が聞こえるけれど、気にしたりしない。集中しないといけない。だっておごさまにちゃんと願いをきいてもらわないといけないから。止めてはいけない。祈りは途中でやめると呪いとなってはね返ってくるって聞いたことがある。おねがいしますおごさま、おごさまの願いもきっと叶えますわたしはちゃんと役に立つから。搾取されるだけの人生は嫌です。わたしだって与えられたい。わたしだって奪いたい。もう利用されて裏切られるのは嫌なんです。

おねがいしますおねがいしますおごさま。あのブサイクにわたしを見下したこととカイトに嫉妬するのはダメなことを教えてやってください。店から出て行けブサイク。お前が悪いんだ。わたしの左腕を捧げるに相応《ふさわ》しい罰を与えてやってくださいお願いしますお願いしますお願いします。

「さあや！」

遠くで声が聞こえる。おごさまとお話しするんだから今は放っておいて。

温かい気配が足下を包んでいく。ゆっくりと足下からわたしをつつみこんでくれて、そして抱きしめてくれる。わたしの祈りは届いた。ねえ、おごさま、わたしはちゃんとできましたか？　あなたはわたしを見てくれますか？　わたし、がんばりたいんです。好きな人がいて、これをがんばらないとわたしは認められないかもしれないんです。

「おい！　目を開けろ」

ああ、おごさま。ちゃんと声が届いていたんですね。大丈夫です。わたしは大丈夫です。お願いしますブサイクが全部悪いんです。わたしはちゃんとがんばっているのに。ハヤトさんとカイトに認められれば全部うまくいくんです。奪われたくない。与えられたい。わたしはそれだけを望んでいるのに。

目をしっかり閉じているはずなのに、目の前には熟《ど》した桑《ど》の実《め》色をした大きな蛹《さなぎ》が現れた。暗闇の中にぽっかり浮かんでいる蛹は、スポットライトを真上から当てられているみたいに表面がツヤツヤとしている。ああ、ようやく来てくれたんだってうれしくなる。ありがとうございます。ありがとうございます。

おばあちゃんに抱きしめて貰《もら》ったときみたいにうれしくなって、気持ちが落ち着いてくる。ああ、お母さんにも抱きしめてもらいたかったな。でも、今はおごさまがいるから大丈夫。もう怖くないしさみしくありません。

「斉藤！」

しあわせ。わたしはしあわせ。

支えもないのに垂直に立っているおごさまのお尻《しり》部分からは、するすると糸の束が伸びてきてわたしの折れた左腕に絡みついていく。痛くない。あたたかい。大丈夫。ありがとうございます。

おごさま。おごさま。

わたしのおねがいを聞いてくれてありがとうございます。左腕を持っていってください。搾取じゃなくて取引なのだから。ありがとうございます。

「クソ！　逃げ……」

肉の削《そ》げる音がする。骨の砕ける音がする。桑の実を潰すような音がする。

甘い匂い。おごさまの背中が割れた。そこからは、熟《ど》した桑の実色《どめ》をした、胎児に似たものが湿った音をさせながら姿を現した。ああ、そうなんだ。そうやってあなたはこの世界に生まれるのですね。

四つん這《ば》いのままおごさまは、白目部分のない目でこっちを見つめていた。

ありがとうございます。ありがとうございます。涙が止まらない。わたしの左腕に巻き付いた糸が離れていってさみしくなる。もっともっとわたしのからだをもっていってもいいのに。おごさまがもっとほしがっているのが伝わってくる。よくわからないけれど、おごさまがとにかく怒っていることもわかる。ごめんなさいこれだけしかあげられなくて。

ありがとうございますしあわせをくれて。

左腕はもうわたしのものではなくなっていた。わたしの腕は糸に絡められてぐちゃぐちゃの肉片になる。

ありがとうございますありがとうございます。

三　代償

なにがあったのか全然覚えていない。

気が付いたら、家にいた。頭が少し重くて気持ち悪いし、自分の体がどことなく獣臭い気がする。それに肌がなんだか痒《かゆ》くて息苦しい感じがする。二日酔い……とは少しちがうかも。

ベッドから少し離れた場所……玄関口に落ちているスマホは赤黒い液体で汚れている。

カーテンは閉まっているけれど、隙間からは明るい光が漏れている。今は……朝なのかな。それとも、この明るさならお昼くらいにはなっているのかな。

「おごさまは……」

視線を落とすと、わたしに寄り添うみたいな位置に、おごさまを入れている箱がちゃんとあった。いつもみたいに両手で蓋《ふた》を持ち上げてから開けようとして、違和感に気が付く。

左腕を動かしたつもりだけど、妙に軽い。視線を向けると、左腕はおばあちゃんと同じように肘《ひじ》の先から無くなっていた。ハヤトさんに折られた時は、痛み止めを飲ませて貰《もら》っていたみたいだけどずっと鈍い痛みがずきずきと背中を中心に居座っていた。でも、今はなんでかわからないけれど、腕に痛みは全くない。

「あ、おごさま……ちゃんとあるよね」

蓋を開いてみようとすると、蓋自体に何かついているみたいでなかなか開かない。指先に力を込める。いつもより開きにくかった蓋は、ニチャっと湿った音を立ててゆっくりと開いた。

箱の蓋に封をするみたいになにか粘ついたモノがついていたみたい。箱からは、煮詰めたシロップみたいな甘い匂いが広がって、白いおごさまの繭が見える。でも、様子が変かも？

それでも、おごさまが無くなったりしないで、きちんと箱の中にいてくれたことに安心した。

いつのまにか獣臭さは薄れていた。相変わらず体がダルいけれど、気にするほどではないかも。お風呂《ふろ》に入ろうと思ったけどまだいいかな。それよりも、昨日のことを思い出そう。

昨日はハヤトさんがシャンパンを出してくれて……それで、飲み過ぎて、寝ちゃっていたのかな。でも、ハヤトさんがわたしを家まで送ってくれるかな？　カイトが戻ってきてわたしを送ってくれたとか？

「それにしても……変な夢だったな」

あれからどうなったんだろう。考えようとするけれど、昨日のことを思い出そうとしてもモヤモヤとした気持ち悪い感覚が込み上げてきて、頭痛もしてくるし段々とどうでもよくなってしまった。

夢の中で繭から出てきたおごさまみたいなものと見つめ合った時間を思い出す。あれは夢かもしれないけど、でも、すっごくしあわせだったな。

「ぁ」

おごさまが揺れたのが見えて、わたしは小さく声が漏れた。

いつもの白くてきらきらしていてかすかに光っている繭のおごさまも、とっても素敵だった。

おばあちゃんの持っていた熟した桑の実《どどめ》色の繭も嫌いじゃ無かった。

でも、それよりもずっとずっとキレイな形になった繭がそこにはあった。

うれしくて顔を近付けると、繭の割れ目が微《かす》かに震えて、内側から赤い光が漏れ出す。

「ぉあか……ぅいあ」

真っ赤な色をした宝石みたいな光が、繭の割れた部分から漏れて箱の内側を照らしている。

赤ちゃんみたいな高い声でたどたどしく話す様子が本当にかわいくて、わたしは箱を右腕だけでもちあげて、胸に押し付けて抱きしめた。

おごさまは、わたしの腕を食べて目が覚めたんだ！　と思った。でも、願い事はなんだっけ……。また頭痛がする。

「ぉあぁ……ん」

また可愛らしい声が聞こえて、わたしは昨日のことを考えるのをいったんやめることにした。

「お腹が空いたのね。わかった。わたしがなにか食べさせてあげる」

なんとなく、おごさまが言っていることがわかる気がした。おばあちゃんもそうだったのかな。おごさまの気持ちがわかるようになるって本当なんだ。

さっきまで本当に虚《むな》しくて動くのも嫌だったけど、おごさまのことを考えると糸で腕を捧《ささ》げた時みたいに幸せな気持ちが、お腹の下あたりから湧き上がってくる気がする。

でも、おごさまは何を食べるんだろう。おばあちゃんに聞いておけば良かった。

それとも、地元に帰れば何かわかるのかな。

そこまで考えて、おばあちゃんが言っていたことを思い出す。

――おごさまに願いを叶《かな》えてもらったらちゃんと還《かえ》さなきゃなんねえ。

「……でも……」

誰が聞いているわけでも無いのに、言い訳を声に出す。わたしは、ちゃんと願いを叶えてもらってない。だってアレはハヤトさんに言われて仕方なくお試しでやったことだから。おばあちゃんはおごさまに何度も自分を捧げると魂を喰《く》われるよりも怖いことが起こるって言ってたけど……こんなに可愛いのに、悪いことなんて本当に起こるの？

「昨日、わたしは……あのブサイクを痛い目に遭わせてって言われて……それで」

おばあちゃんのことを考えていたら、少しだけ昨日のことを思い出した。でも、あれはわたしの願いじゃない。ハヤトさんがそういったから、わたしはイヤイヤ従っただけ。おごさまだってきっとわかってくれる。だってこんなに可愛くて、わたしを頼っているんだもの。

「大丈夫だよ。わたしがなんとかしてあげるから」

昨日、おごさまがすごく怒っていたのはわかる。でもわたしに対して怒っているのなら、きっともっと怖いことが起こるはずだ。だから、きっと、おごさまはちゃんとわかってくれているのかも。わたし自身の願いを叶えられなくて、熟《ど》した桑《ど》の実色《め》になれなくて、中途半端な形になっているのかもしれない。

地元に帰る？　でも、田舎の人たちは、都会に出たわたしを妬《ねた》んで何も知らないのをいいことにおごさまを「還そう」っていうかもしれない。どうしよう。

「ぉぁ、か、ぉあか……ぅいあ……」

繭の中から響くかわいい声は、もう一度わたしを呼んだ。

とにかく、今は、この子が食べるものを探してあげなきゃ。桑の葉かな？　でも蚕じゃないし……蚕って蛹《さなぎ》になってからは何も食べないよね？

かわいくて優しくてわたしのことを抱きしめてくれたおごさま。

指で割れ目をなぞるとしゅるしゅると白くて細い糸が出てきてわたしの指に巻き付いてきた。

白い糸はすぐに赤くなって、それが自分の血だと少ししてから気が付く。リスカもアムカもしたことあるけど、これは全然痛くない。きっと、おごさまがわたしのために痛くないように気を付けてくれているんだろうなってうれしくなる。

血が飲みたいなら、たくさん飲ませてあげよう。いい方法、ないかな。わたしの血じゃなくてもいいなら、たくさん飲ませてあげられるかもしれないけど、わたしの血だけなら……レバーとか食べた方がいいのかな。

昨日のことはまだ明確には思い出せない。ただ、わたしが家にいるってことはハヤトさんには怒られずにうまくやれたんだと思う。おごさまがこうやって動けるようになったのはいいけど、あいつのために腕を使ったみたいでそこだけは少しムカつく。

糸が離れて、おごさまの声は聞こえなくなった。お腹がいっぱいになって寝ちゃったのかな。血を抜かれたからか、また体がダルくなってくる。

箱をちゃぶ台の上に置いてから、わたしは玄関口に放ってあるスマホを指で摘まむようにして持ち上げる。

べとべとして赤黒いのはお酒なのか血なのかわからない。でも、甘い匂いがするから血じゃないはず。

おごさまの隣にスマホを一度置いて、ティッシュで拭《ふ》いて電源を入れると画面にたくさん通知が現れた。

「カイト?」

たくさんの通知はカイトからのものが、ほとんどだった。そうだよね。昨日から連絡が取れなかったから多分心配だよね。ハヤトさんと寝たとか思われてないかな? 安心させてあげなきゃ。お店からの着信を削除してから、わたしはカイトに折り返し電話を掛けた。

「もしもし、ごめん、今起きた。どうしたの?」

『さあや! お前、どうしたんだよ』

「え? 普通に今起きた。どしたの」

カイトの声がいつもより切羽詰まっていて、そんなに心配してくれたのかなってうれしくなった。

あとでカイトにも教えてあげようっと。おごさまがかわいくてキレイになったんだよって。

『ハヤトさんと斉藤のこと知らないか？　お前、閉店後、話をしたんだろ？』

「しらない」

『は？　ふざけんなって。店、大変なことになってんだよ。とにかく、会いに行くから、話聞かせろ』

頭の奥が冷たくなった。

なにも知らないって思わず返した。でも、カイトはなにか怒っているみたいだった。まるでわたしが悪いみたいに。

通話が切れて、カイトが会いに来てくれるならうれしいはずなのに、胸がざわざわする。知らない。知らない。わたしは、悪くない。なにも、知らない。

「どうしよう。わたし……悪くないよね」

おごさまに手を伸ばして箱を開く。おごさまから溢《あふ》れる赤い光がチカチカと明滅して、白い糸がしゅるしゅると数束伸びてきて、左肘をゆっくりとさすってくれる。まるで大丈夫だよって言ってくれているみたいに思えた。

おごさま。どうしたらいいのかな。わたし、なにもしてないよね。


一時間くらいはらはらしながら待っていたら、乱暴に扉がノックされた。あわてて扉を開くと真っ青な顔をしたカイトが立っていた。

「お前の家マジで遠いから早く区内に引っ越せよ。って今はどうでもいいか。とにかく車に乗れ。走りながら話聞くから」

無地の暗い色のカットソーにシンプルな黒いジーンズって適当な格好のはずなのに、相変わらずかっこよくて、髪の毛も寝癖が残っているのがちょっと気を抜いたコーデって感じで逆にオシャレ。

「万が一だけど、警察が来たらダルいから、早く行くぞ」

ぼーっとしていると、カイトがわたしの左腕をつかもうと手を伸ばす。それから、袖《そで》の中にあるはずの左腕がないことに気が付いて小さく「え」と漏らしたのが聞こえた。

「は？　お前、腕……」

「ま、まずはスマホとか取ってくる。車の中で話すんでしょ」

わたしがそういうと、すんなり服をつかんでいた手を離してくれた。

もしかして、わたしの腕がほんとうになくなるって思ってなかったのかな？　それとも知っていてもびっくりしたってこと？　それとも、わたしが二人のために使うお願いを使っちゃったってしってショックなのかな。そうだよね、でも大丈夫だよってあとで伝えてあげなきゃ。

「早くしろよ」

カイトが急《せ》かしてくるからゆっくりお化粧をする時間はないみたい。わたしはおごさまが入っている箱を丁寧に閉じ、スマホと鞄《かばん》を持って玄関に向かう。

蓋を閉めるときにおごさまが何か言っていた気がするけど「一人で放っておくわけじゃないから許してね」って小さな声で言い聞かせて鞄の中におごさまを入れた。それから、わたしはカイトと一緒に車に乗った。

車のことは詳しくないからわからないけれど、ブサイクなホールスタッフが乗ってるようなワゴン車じゃなくてなんかかっこよくて高そうな車なのでちょっと気分がいい。

「マジでお前は何も知らないんだよな?」

「う、うん」

車が静かに発進する。助手席の椅子はふかふかでもないけど、心地よい硬さで、少しだけ革の匂いがして、どきどき胸が高鳴る。

車内ではラジオからニュースが聞こえてくる。繁華街の惨殺事件だとかなんとか。つまらないから音楽でも聴きたいな。でもそんな雰囲気じゃないみたい。無言でハンドルを握るカイトを見ているのも退屈ではないけれど。

しばらく走って知らない場所に来た。狭い道の傍らに車を停めたカイトは、ドリンクホルダーに腕を伸ばし、水をゆっくり飲んでから口を開いた。

「大変なことになってんだよ」

カイトの声は、真剣そのものだった。

「店の中がさ、血まみれでぐちゃぐちゃだったらしい。俺は見てないんだけど、掃除をしに来たスタッフが見たらしくて」

「血まみれって……どういうこと？」

わたしは何も知らないって言ってしまった手前そう聞いてみる。でも、嘘じゃなくて、本当にお店がどうなっているのかは知らなかった。ハヤトさんに頼まれておごさまにお祈りをした記憶はあるけど、そのあとは夢でおごさまに糸の束で抱きしめてもらって幸せだった記憶しか無い。カイトはわたしのことを信じてくれているのか、真面目な顔のまま話を続けてくれる。

「店中に骨とか肉片が散らばってたらしくてさ。最初はどっかの客とか別の店からの嫌がらせだと思ったんだよ。で、警察を呼んだらしくて。ハヤトさんに連絡が取れないからって俺も呼ばれて……それで店内を見て……もう片付けられてたけどさ、血腥《ちなまぐさ》さと獣臭さがすごくて……直接いろいろと見たやつらよりはそれでもマシだけど」

気分が悪いのか口元を押さえながら一気に話したカイトは、そこで話を止めて大きく溜《た》め息を吐いた。

「お前とも連絡が取れなかったしさ。マジでわけわかんねーよ」

わたしは、昨日の夜、ハヤトさんと交わしたやりとりを思い出す。斉藤を痛い目に遭わせてくれって。殺すなって。

でも、わたしはそこまでしか覚えてない。だから、肉片がなにかもわからない。

「カウンターの裏にリク兄……斉藤の頭が落ちてたらしくてさ、店中に散らばってた肉塊は斉藤のものだろうって警察が言ってた」

「ハヤトさんは？」

「血液にハヤトさんのものも含まれてたけど、あの状態じゃどうなったかわからないって……」

カイトが首を横に振りながら、もう一度溜め息を吐く。それから少しだけ走らせた車をコンビニの駐車場に停めた。

外に出るでもなく、シートベルトを着けたままのカイトはわたしをじっと見つめて、それからわたしの右手をそっと握る。

「ハヤトさんはさ、どうしようもない俺のことを拾ってくれて、店で雇ってくれて世話をしてくれた恩人だし、リク兄ちゃんは……腹違いの俺の兄ちゃんなんだよ」

予想をしてなかった彼の言葉に、わたしは気まずくなった。

だって、顔が全然ちがう。カイトはすごくキレイでかっこよくて……それに育ちも良さそうで……あのブサイクは貧乏そうだし汚いし臭そうだし。

ずっとカイトの美貌《びぼう》は天然のものだと思っていたし、インターネットでカイトは整形って言われてもブスとブサイクの妬みだと思っていた。だけど、整形なの？　わたしのことを騙《だま》していたの？

整形男に貢いでいたんだとしたら最悪だ。子供を作ってもきっとニセモノの美形との子供は、ブサイクだろうから。わたしは斉藤と呼ばれたあいつの顔を思い浮かべて体を震わせた。いざとなったらおごさまにカイトにバチでもあてでもらおうかな？　そんなことを考えていると、カイトが口を開いた。

「ハヤトさんからは、整形を疑われたくないなら、リク兄と肉親ってのは黙っとけって言われてたから、普段は名字で呼んでた」

わたしの思っている不安が通じたのかな。わたしから問い詰める前に、カイトは自分の事情を話してくれた。

目にいっぱい涙を溜めて、鼻を啜《すす》りながらそう言葉を漏らすカイトは嘘を吐いているようには見えなかった。

それなら……もっとあのブサイクに……いえ、リクお義兄《にい》さんにもっと優しくしてあげればよかった。腹違いってことは、きっとリクお義兄さんの母親がブスだったんだろうなって。

泣きだしそうなカイトにハンカチを渡すと、それで目元を拭《ぬぐ》いながら彼は話を続けてくれた。こういうときにハンカチを差し出せるわたしっていい彼女だよね。

「ハヤトさん、どこにもいなくて……リク兄ちゃんは死んで……。お前は知らなかったっけ？　俺、施設育ちだからさ……」

あのブサイクの話なんて……と思ったけど口には出さない。だって大切なカイトのお兄さんだから。将来、義理の兄となる人だって知っていたら、わたしはハヤトさんの言うことなんて聞かなかったのに。ハヤトさんはカイトに嫉妬《しっと》して、わたしとの仲を裂こうとしてるのかな？　なんてことまで考えてしまう。

「リク兄ちゃんはさ、父さんの会社の跡を継ぐために出友商事《いでとも》で元々管理職をしててさ、でも俺のために離職して……貯金崩して車も買ってくれて」

「な、なんで出友商事をやめたの？　いくらなんでもそんな」

「父さんが、俺の母さんを自殺に追い込んだってリク兄ちゃんの母さんから聞いたらしい。それで……俺の存在を知って家族と縁を切って……そんなことしなくてもいいのにさ、自分だけ恵まれていたのも許せないって泣いてくれて……すげえいい兄ちゃんだったんだよ」

リク義兄さんがそんなに優秀だったなんて……。ブサイクだからこそがんばったのかな。それなら、もしかしてカイトがわたしと結婚をしていたら、すごい会社を経営する社長の一族に加われていたってこと？　もったいない……そう思ってしまった。ハヤトさんよりもよっぽどすごい人なのに……。それならもっとちゃんとしていればいいのに。なよなよしてうじうじしてるからわからなかったじゃない。

一息吸ってカイトが鼻を啜る。わたしがカイトのことを慰めようと口を開こうとした時に、カイトのスマホがけたたましい音で鳴り響いた。

ポケットからカイトがスマホを取りだしたときにリナと名前が見えて、イラッとする。客でしかないケバい女でも金払いがいいから、カイトはないがしろにできない。

猫なで声で男に媚《こ》びることしかできないリナに対して、営業とは言えカイトが優しくする姿を見なきゃいけないのが嫌だけど、でも、彼の良き理解者としては、こういうときこそ広い心を見せてあげた方がいいのかもしれない。それに、お兄さんが死んだならカイトが出友商事の跡取りになれるかもしれないもんね。そうしたら知らない人とも関わる機会も増えるだろうし……やっぱり、多少気に入らない相手と話すことも許してあげた方が得だ。

「出ていいよ」

でも、カイトはわたしの言葉を無視してスマホの電源を切った。今すぐに笑いながらリナを罵《のの》りたいけれど、女の裏の顔を男の人は嫌うから、我慢して、眉尻《まゆじり》をさげながら悲しそうな表情を浮かべる。それからカイトが放り投げて後部座席に落としたスマホを目で追った。心の中でざまあみろって言いながらわたしはカイトの背中に右腕をまわした。

「リナもリナで店が大変って言っているのに何度も連絡してくるし、別の店でタワー入れるとかいってくるしさ。なんなんだよ。俺の気持ちはどうでもいいのかよ」

「カイトもつらいよね。大変だね」

大きな声を出したカイトの頭に背中側から手を伸ばす。

いつもより艶《つや》がなくてぱさついている髪だけど、なんだかそれがありのままのカイトだって気がして愛おしくなる。

やっぱり、どんなに怒られたり、殴られたりしても、結局、わたしがカイトの特別なんだって実感できて、彼には悪いけどうれしくなった。

わたしにされるがままになりながら、目線だけこちらへ向けてくる。上目遣いなんてはじめてされちゃった。普段のちょっと俺様なカイトも好きだけど、弱ってるところもたまにはいいかもしれない。

「昨日の夜、お前が店でハヤトさんと話すことになっていたのは知ってる。だから、何か知ってたら教えてほしい」

わたしの手をとってから体を離したカイトは、真面目な表情でこっちをじぃっと見つめてきた。

さっきまではわたしたちの絆《きずな》が更に深まった気がしてうれしかったのに、よく考えたら彼の兄を殺したのはわたしかもしれなくて、じわじわと不安な気持ちがわきあがってくる。

でも、記憶は無いし……わたしがやったって決まったわけじゃない。だって、あいつを懲らしめてっていったのは、ハヤトさんだから……。

「ねえ、あの、ね」

なるべく嘘にならないように、バレないように、わたしはなにがあったのかをカイトに話すことにした。

「おごさまにお願いしたの。そこまでは、わたし、おぼえてる」

ここまでは本当。ただ、ハヤトさんに頼まれて、わたしがあのブサイクの不幸を願ったのがバレたら、多分カイトはわたしをとっても怒る気がする。

どうすればいいのかな。

カイトの薄い灰色っぽい目は、よく見ると少し青みがかっていてとてもキレイ。この目が……これから先も、わたしだけを見てくれるにはどうしたらいいんだろう。

たくさん考えて、ハヤトさんが今いないということを利用しちゃおうと思った。

「ハヤトさんのお願いを代わりに叶えてって……そうお願いして……」

そう。ハヤトさんはここにいない。おごさまに巻き込まれて死んじゃったのかもしれない。もし、生きていたとしたら、あとでおごさまに頼んで消せばいい。だっておごさまに体を捧げることは痛くて怖いと思ったけど、とても幸せで温かいことだったから。

両腕がなくなっても、足が片方なくなっても、きっとカイトが支えてくれる。それに今はバリアフリーだって進んで来ているらしいから、なんとかなるかもしれない。だから、もう一度だけ、おごさまにお願いをしよう。おごさまは動けるようになったし、わたしの血も飲んでいるから、ひょっとしたら代償無しで簡単なお願いくらいなら聞いてくれるかもしれない。おごさまを還さないと大変なことになるっておばあちゃんは言ってたけど、何度か使ってからでもちゃんと還せば、大丈夫だよね？

「だから、その……カイト、ごめん。わたしのせいだよ」

　わたしは頑張って痛いことや悲しいことを思い浮かべて、目にたくさん涙を溜めた。流れる涙を拭かないまま、わたしはカイトの目をまっすぐに見つめる。

「ハヤトさんがそんな……でも……ハヤトさんはリク兄ちゃんのこと、良く思ってなかったから……」

　わたしから目を逸《そ》らすようにして顔を伏せたカイトは何かぶつぶつと呟《つぶや》いている。カイトは、全部信じてくれたわけじゃないかもしれない。だけど、彼は今、この場にいないハヤトさんをうまく疑ってくれているみたいだった。

「わたしも……そんなこと、ハヤトさんが願うなら……殴られてでも、カイトに会えなくなってでも断ればよかった」

　あえて声を張り上げてみる。きっと大切な人の大切な人を傷付けた可能性がある時に、変に潔白ぶるよりは、こういったほうが説得力が増すと思うから。その甲斐《かい》あってか、カイトはわたしの両肩に手を置きながら顔を上げてこちらを見てくれた。

「いや、さあやは……その、断れなかっただろ？」

ハヤトさんを庇《かば》うんじゃなくて、わたしをみてくれた。もしかして、カイトに愛されるために必要なのは邪魔者《ハヤトさん》を排除することだったのかな。ならリク義兄さんをどうにかするんじゃなくてハヤトさんを殺しちゃえばよかった。後悔が浮かんだけど、それでも一つの考えがわたしの中に生まれた。

「あのね、おこさまは、まだ願いを叶えられるかもしれないの。それで……ハヤトさんに復讐《ふくしゅう》すればいいんじゃない？　それか、リク義兄さんを生き返らせてもいいし」

わたしの提案を聞いて、カイトの顔に似つかわしくない大きな喉《のど》仏が上下するのが見えた。

今のカイトは、あのハヤトさんよりもわたしを信じて、わたしの言葉を聞いてくれている？

変に疑われる前に、言葉を続けなきゃ。

「わたしだって、腕を取られて悔しいし、それに……まだおこさまは完全に願いを叶えたわけじゃないと思うの。たぶん、もう一回くらいなら、お願いを叶えてくれるかもしれない」

そうだ。ハヤトさんが死んでいたら別にそれでいいし、もし生きていたらカイトと一緒に復讐しよう。だって、わたしがあのブサイクを殺したんじゃなくて、ハヤトさんがやれっていったから。わたしはそんなことしたくなかったのに。酷《ひど》いのはハヤトさんだ。

「おごさまってったって……本当に、そんな魔法みたいなもんがあるのか？」

鞄の中からおごさまの箱を取りだして、カイトに見せた。

蓋を開いて、中を覗《のぞ》き込む。割れ目から赤い光を放つ神秘的な白い繭は、やっぱりすごくキレイ。これなら、彼も信じてくれる気になったはずだ。

心臓の鼓動みたいにトクトクと明滅する赤い光を目にしたカイトは、目を見開きながらわたしとおごさまを交互に見てぱちぱちと何度か瞬きをした。

「あのね、カイト、お願いがあるの」

「な、なんだよ」

気圧《けお》されたようなカイトはぶっきらぼうに答える。大丈夫。大切な人にわたしは危害なんて加えないから。

怖がらせないように声のトーンを抑えながら、わたしはなるべくゆっくりとお願いを伝える。

「わたしの故郷に戻れば、おごさまをちゃんと使えるかもしれないの。わたしは正しい使い方を知らなくて……こうなっちゃったから」

ゴクリと、生唾《つば》を飲む音が聞こえた。カイトの薄灰色の瞳《ひとみ》におごさまから放たれている赤い光がはね返って、すごくキレイ。

「わかった。一緒に行こう」

カイトは、おごさまから目を逸らさないまま、首を縦に振ってくれた。

本当は、あんな汚くてなにもない田舎には帰るつもりなかったけど、仕方ない。おごさまが何を食べるのかとかも調べたいし、それに……おごさまにわたしの本当の願いを叶えて貰《もら》ったら還すつもりはちゃんとある。今のところは。

ただ、わたしは自分の願いを聞いてもらってないから、ちゃんとおごさまに願いを叶えて貰いたいだけだし。それに……カイトとの子供が生まれたときに、子供にもおごさまをあげたいなって思うから、新しいおごさまの作り方だって知りたい。

わたしたちの子供が、おごさまを使わなくても、やっぱり自分を守ってくれる存在がいるっていうのは心の支えになると思うから。だって、わたしもいじめられたり、ばかにされたりしたけどそれでも今までがんばってこられたのはおごさまがあって、いつかその気になったらあいつらを殺してやるって思えてたからだし。

お父さんとお母さんなら、おごさまの作り方を知っているのかな。会わないでいいのなら会いたくないから、どこか本とかにそういう方法が書いてあるならその方がいいけど。

「道案内、頼むな」

カイトは、わたしにおごさまを還してくれるとそう言って車を発進させた。

いつもはイライラしがちなのに、今日は真面目な彼が頼もしいなって思う。わたしはおごさまを撫《な》でながら「わかった」と元気がなさそうに聞こえるように気をつけて返事をした。元気よく返事をしすぎると、疑われちゃうかもしれない。今はハヤトさんを止められなかった自分を悔やむ、かわいそうな女を演じないと。だって、男は健気《けなげ》な女性のことは大好きなはずだから。

おごさまはわたしの指に糸を巻き付けて、うれしそうに光をゆっくりと明滅させている。

「かやちゃん……」

おごさまを見つめていたら、古い映画みたいに視界がざらついて、ざーざーと雨の日みたいな音が少し遠くから聞こえてきた。


かやちゃん、と誰かのことを呼んだのはまぎれもない自分の声だった。でも、うまく体が動かせない。だんだんと雨の日みたいな音が大きくなってきたと思ったら、いつのまにか、わたしの目の前には女の子がいた。名前を呼ばれたからか、こちらを振り向いた子は、田舎にいそうにないすっごくキレイな顔をしていた。くっきりとした二重、スッと通った鼻筋に主張の少ない小鼻。厚みはあるけど下品にならない、桜の花みたいな血色の良い唇……。真っ白ではなくて、少し健康的に日に焼けた肌とすらりと伸びた手足。

わたしと全然違う。というか、真逆の見た目すぎて苛立《いらだ》ちや嫉妬みたいな感情は湧き出てこない。

名前を呼んだのはいいけどこんな子、村にいたっけ？　村？　働いてたお店？　よくわからないけど、どうでもいっか。

振り向いたやわらかそうな黒い髪がさらさらと肩に落ちて、ふわりとかやちゃんが笑う。

「どうしたの、さやちゃん」

手を伸ばしてくる、つやつやとした彼女の手がわたしの両手を包んだ。

わたしはすごく安心して、かやちゃんの胸に顔を埋めて大声で泣きだしてしまう。自分が自分じゃないみたい。

悲しい気持ちがあふれ出してきて、わあわあと涙も鼻水も勝手に出てきて、かやちゃんが差し出してくれた絹のハンカチを汚してしまう。

「あいつらがわたしをいじめるんだもん！　わたし、なにもわるくないのに」

泡姫《まりん》を少し泣かせたらクラスの男子がわたしのことを突き飛ばした。色鉛筆を自慢してきたのが悪いのに。河﨑《かわさき》さんに泡姫《まりん》のキーホルダーをあげて、あいつはよろこんでいたのにわたしを裏切って泡姫《まりん》の取り巻きになっていた。それに、内藤《ないとう》がわたしの上履きを隠して髪の毛をひっぱって殴ってきた。お父さんのおごさまに触ろうとしたらお父さんがタバコを腕に押し付けてきた。お母さんがわたしのことを叩《たた》いてごはんを抜いて、おばあちゃんに言いつけたら殴ってきた。全部全部わたしはわるくないのに、あいつらはわたしを悪者にしていじめてくる。わたしだけ一方的に奪われて、裏切られて貶《けな》される。だって仕方ないじゃない。わたしは困っていたのに！　わたしはやさしくしてあげたのにあいつらがそれを返してくれないからわたしは怒ったの。正当な怒りなのに。

「そうだよね。さやちゃんはなにも悪くないよ。だから、大丈夫。私が全部なんとかしてあげる」

おばあちゃんがよくしてくれたみたいに、かやちゃんはわたしの髪の毛をやさしく撫でつけて、甘い甘い声で諭すようにそう囁《ささや》いてくれた。

「だって私たち[redacted]でしょう」

かやちゃんがなんて言ったのかよく聞こえなくて、顔を上げる。大切な言葉な気がする。でも、顔を上げた先にはもうかやちゃんはいなくて、代わりに、熟した桑の実《どどめ》色に染まったブサイクなリク義兄さんの顔があった。

本来、目玉があるはずの場所にはなにもなく、ただ穴がぽっかりあいているだけだった。声が出ないまま、わたしはそいつを突き飛ばそうとするけれど、両腕は足下に落ちて、落ちた両腕からは腐ったお米や麦がざらざらと漏れ出してきた。ブサイクの死体がわたしに襲いかかってきて、口に何かを詰め込もうとしてくる。あんなに与えてやったのにとか、裏切り者って地の底から響くみたいな声が聞こえてきて怖くなる。芋虫が足下から這《は》い上がってきてわたしの体を飲み込んでいく。

「たすけてかやちゃん」

まだ願いは叶えてないのに……なんで両腕が無くなったの。腕が無いのは困るよ。

「さやちゃん、いまはだめなの」

かやちゃんの声が、幸せな気持ちが遠ざかっていく。こわい。きもい。わたしは悪くないのになんで。獣臭さがお腹からせりあがってきて吐き気が込み上げてくる。

「これは獣からかけられた呪いだよ。さやちゃんの体に刻まれている」

冷たいかやちゃんの声が聞こえてくる。でもキモい死体が目の前にいて、冷たい両手がわたしの首を絞め付けてくる。

「助かりたいなら、何かを捧げなきゃ。奪うだけのものをおごさまは何よりも恨んでいるから」

体が痛くて、寒くて、熱い。叫ぼうとするけれど喉に穴が空いているみたいに悲鳴が空気になって漏れていく。わからない。口の中に何か苦いものが押し込まれて苦しくなってくる。これは真っ黒な繭だ。なんで？　助けて。苦いのは嫌。

「助かりたい！　お願いかやちゃん！」

変な味がする。どうしよう。ここから抜け出したい。助かりたい。なんでわたしが呪われなきゃいけないの。悪いのはハヤトさんなのに。それもわからないでわたしを殺そうとしてくるリク義兄さんのことも大嫌い。

「手足は困るだろうから……さやちゃんの味覚の一部を貰うからね」

かやちゃんが悲しそうな顔をして、わたしを見ている気がした。どんどんかやちゃんのキレイな顔はぼやけていって、わたしが見ている景色はどんどん暗くなっていく。

「ぁや……さあや」

必死に体を捩《よじ》っていると、聞き覚えのある声がわたしの名前を呼んで、重かった体が急に軽くなった気がした。

「これ以上のものをおごさまに捧げるのなら……よく考えないとダメだよ。さやちゃんがさやちゃんでなくなっちゃうよ？」

明るい方向に体が持ち上げられる。最後に耳元でかやちゃんの寂しそうだけど可愛い声が聞こえた気がした。

「さあや！」

肩を揺すられて、目を開く。

「たすけて！」

カイトがわたしを心配そうに覗き込んでいた。背中は汗でびしょびしょで気持ち悪い。嫌な夢だった。誰かがいて、懐かしくて、でもとっても怖くて。どれだけ考えても思い出せない。貰うからねってなに？　夢だから気にしなくていいのかな。それに……よく考えないとダメだよってなんだろう。これ以上、おごさまに何かを捧げるなってこと？

「大丈夫か？」

わたしが考え事をしている間に車から降りたカイトは、助手席の方へ回ってくれて、扉を開いてくれる。窓の外を見てみると、どこかのお店の駐車場みたいだった。トラックが何台も停められそうな広い駐車場は、田舎の証《あかし》だ。

「うん、変な夢を見ちゃったみたい」

変な夢を見たから、おごさまが壊れていないか心配で膝《ひざ》の上に載せていた箱の蓋を開いてみる。おごさまは、赤い光をゆっくりと瞬かせながら箱の中にいてくれた。割れ目が一回りくらい大きくなっているのは気のせいかな。

「もう夕方になりそうだし、ここで飯でも食おうぜ」

カイトがそう言ったので、わたしは箱を優しく閉じて鞄の中にしまい込んだ。

昼前から走り続けた気がするけど、そんなに長く眠っていたんだ。伸びをしてからカイトに支えてもらって車から降りる。

「うん、わかった」

車から降りると、空の広さに忌々しさを覚えた。

高いビルもなくて、娯楽も、文化もなにもない、人のしがらみと悪意だけがあるクソ田舎の光景。

「っ……」

猛烈な獣臭さと急な吐き気が込み上げてきて、わたしは駐車場の隅にしゃがみこんだ。手がないのって不便。口元をうまくおさえられないまま、わたしはお腹から込み上げてきたものを吐き出した。

「なにこれ」

わたしが吐き出したのは、親指くらいの大きさはある生まれたての犬みたいななにかだった。真っ赤なそれは地面の上でビクビクと体を痙攣《けいれん》させている。

「車酔いかよ？　飯、食えそう？」

「だ、大丈夫」

夢の中で誰かが言っていた「呪い」という言葉を思い出す。これが、呪いなのかな？　だってこんなもの食べたはずないもん。

キモい。ムカつく。だから、わたしは地面に吐き出したものの頭を踏み潰《つぶ》してから少し遠くで待っていてくれたカイトの下へすぐに戻った。さっきまであった体のダルさとか肌のかゆみはいつのまにか消えていて、なんなら今日起きてから一番調子がいいくらい。

「チェーン店だけど、まあここでいいだろ。お前もラーメン好きだよな」

「うん。っていうか、カイトとなら何を食べても美味《おい》しいよ」

店の三倍はあるだろう大きいだけの駐車場をカイトと一緒に歩く。こんなクソ田舎にはおしゃれなレストランもないから仕方ないけど、カイトとの外食が寂れたチェーン店なんて、本当は最悪って思った。

塗装が剝《は》げている看板、古びてところどころ錆《さ》びている手すり……見るからにぼろっちいラーメン屋に二人で入ると、やる気の無い店員の「いらっしゃいませ」が聞こえてくる。

空いている席に勝手に座っていると、ブスで田舎臭い女が注文を聞きに来た。

じろじろとカイトを眺めていてムカつくけど、こんな田舎だとキレイでオシャレな男を見る機会がないもんね。仕方ないから我慢してあげよう。

「じゃあ、ネギ味噌《みそ》ラーメンと餃子《ギョーザ》とチャーシュー麺《めん》で」

カイトは細い見た目なんだけど、実はよく食べる。ジャンクなものが好きみたいで、よくハンバーガーやピザを友達と食べているのをSNSに載せている。

客がいないからかすぐにメニューは運ばれてきて、わたしたちの目の前には二つのラーメンと餃子が置かれた。

「へえ、うまいじゃん」

カイトがラーメンを啜ってから、わたしもラーメンを食べようと思って割り箸《ばし》を手に取った。

「あ」

そっか。腕が片方ないと割り箸も使うことが出来ないんだ。

でも、食べるのに集中しているカイトはこっちを見ようともしていない。まあ、そうだよね。カイトだって介護になれているわけじゃない。そういうことはこれから少しずつ学んでもらえばいっか。ホストじゃないんだから、女の子に常に気を配るってこともしないだろうし。それよりも問題はこの店だ。わたしを見て気を遣おうと思わないの？　あのアバズレはカイトに見とれていたから、わたしのことなんて見てなかったのかもしれない。それか、わたしに恥をかかせようとして、わざと食べやすい食器を渡さなかったとか？　うざい。でも、思い通りになってあげない。

わたしは手を伸ばしてもう一膳《ぜん》の割り箸をとって、割らずに二膳の割り箸でラーメンを食べることにした。

一口啜ったけれど、なんだか麺の味が薄い。チャーシュー麺は好きなはずなのに。手抜きしやがって。

まるでゴムを噛《か》んでいるみたいな麺に、油っこさはあるけど旨味《うまみ》もなにも感じない手抜きのチャーシュー。スープだって色をつけたお湯みたいな味だった。いや、味がしなくて、食べているだけで不快になる。怒ってクレームを入れたいけどカイトは料理に文句を言う様子はない。だから、わたしだけ騒ぐと迷惑をかけちゃうかな。争うよりも二度と来なければいいだけだし……。でもやっぱりムカつくから、カイトがいないときにネットで文句でも書き込んじゃおうかな。

ラーメンを半分くらい残したけど、カイトは完食したみたいだった。顔はすごくいいけど、ジャンクフードばっかり食べているし、舌がバカなのかもしれない。でも、その方がわたしが料理を失敗しても気にしないでくれるからいいかも。

「もう行くか」

箸が止まっているわたしを見て、カイトは咎《とが》めることなくそう言ってくれた。やっぱりわたしのカイトはとても優しい。頷《うなず》いて、わたしはカイトに手を取って貰って支えられながら席を立つ。

レジでお金を払ってくれているカイトの背中がすごく頼もしく見える。これなら、わたしたち二人の将来は安泰だなって思う。それから、並んで店を出た。車のドアを開けてもらって助手席に座ると、おごさまを鞄から出して膝の上に置いた。すると、運転席に座ったカイトがわたしの顔を覗き込んできた。おごさまを撫でてあげようと思っていたけど、カイトのキレイな顔が近くにきたことに驚いて手を止める。

「やっぱり調子が悪い？　お前が好きなチャーシュー麵だったのに全然食べてねえじゃん。俺がせっかく奢《おご》ったのに」

確かに、カイトが奢ってくれるのはすごく珍しい。

「カイトはなにも思わなかった？　味が全然しなくてめちゃくちゃ不味《まず》かったよ。田舎のチェーン店だからこんなもんかもしれないけど」

「俺のは普通にうまかったけど……」

首を捻《ひね》りながら、カイトが小さくそう呟いた。もしかして、わたしのラーメンにだけ細工をされていたかもしれないってこと？　あの芋っぽいブスが嫉妬して、わたしの食べ物だけ不味く作ったのかもしれない。

「……調子が悪いなら言えよ？」

「あ、ありがと」

いつもなら俺が奢ったものに文句言うのかよって躾《しつけ》をしてきそうなのに、今日のカイトはなんだかいつもよりわたしを大切にしてくれてる気がする。

だから、カイトが舌がバカの可能性も、あの店員が嫌がらせをしたに決まっているって言いたいのも飲み込んで、笑って誤魔化した。

「まあ、お前は腕がそんな風になっちまったし、色々あったからストレスで味覚が鈍ってるとかあるのかもな」

わたしが何を考えているかも知らないで、彼は酷い目にあったわたしをすごく気遣ってくれている。その事実がうれしくて、わたしはカイトの肩にそっと頭を預けた。

少しだけ緊張しているのか、カイトの体に力が入るのがわかる。わかってる。流石《さすが》のわたしでも、こんな車の中でそういうことをしようなんて思わないよ。

遊びじゃないから、体の関係はちゃんと籍を入れてからって言っていたもんね。

こんなモテて顔もかっこいい人なのに、そういうところはまじめなんだなって思うとなんだか微笑ましい。嫉妬したブスが「やりたくないからそう言ってるだけじゃない？」なんて言っていたけど、それは本当に愛されたことがないやつの酸っぱいブドウってやつに決まっている。

なんとなく懐かしさを感じる風景が増えてきた。道案内をするためにも、わたしは窓の外へ視線を向ける。

家を出てからもう何年経ったんだろう。国道沿いの店はかなり変わっているけれど、居抜き物件が多いからか、それとも古くさい建物はどうがんばっても垢抜《あか》けられないからか、不思議とここがどこなのかはわかる。この国道をずっと道なりに進んでいけば、わたしの故郷までは車で二十分くらいで到着する。

おごさまは、ずっと静かにわたしの指に糸を絡ませてゆっくりと明滅を繰り返している。この子は、わたしのことを好きなんだ。そう思うと、この子を還したくないという気持ちが強くなる。このままなんの策もなしに実家に帰れば、あのヒステリックなお母さんと、おごさまに謝ることしか出来ない無能で暴力的なお父さんが、元の姿と違うおごさまを見てきっと「お還ししろ」とかって言うのだろう。多少おしゃれになって垢抜けたとしても、わたしが故郷で色々探るのはマズい気がした。どうにかカイトが地元の人に話を聞いて来てくれたら助かるんだけど。

「ん？」

肌が一瞬だけピリリと痛む気がした。どこにも触ってないのに静電気が弾《はじ》けたみたいな。一瞬だったので気のせいかもしれない。それか、見覚えのある景色と嫌な記憶が重なって無意識のうちに神経質になっているのかもしれない。

通り過ぎた看板には「ようこそ蚕の里へ」という大きな文字と共にまるまる太った蚕蛾が描かれていた。支える鉄骨は錆《さび》だらけだし、看板の塗装はところどころ剝げている。くだらなくて変わらない景色を見ていると、ふと視界の隅で縄みたいなものが動いた気がした。目を凝らして縄みたいなものが動いた近くを見るけど、気のせいだったみたい。疲れているのかな。

「大丈夫か？」

いつもは、少しでも疲れたみたいな素振りをすると、大袈裟《おおげさ》な演技をするなってカイトは怒るんだけど、今日の彼は本当にすごく優しい。

……そうだ、いいことを思いついた。彼がわたしを心配してくれているなら、もう少しだけがんばってもらっちゃおうっと。

「あのね……やっぱり左腕がすごく痛くて……」

わたしは、仕事をサボるときやクソ客に当たった時以外はめったに使わない仮病を使うことにした。

赤信号で車を停めたタイミングに合わせて眉尻を下げて、声量を抑えながら弱音を吐くとカイトはわたしの頭にそっと手を当ててくれる。

こんなこと、前はしてくれなかった。リナってバカが調子に乗って、カイトが大変なときにたくさん電話をしてくれたおかげで、カイトはわたしの大切さを改めて理解したのかもしれない。それに、ハヤトさんっていうカイトにとっての重りもなくなったから、カイトはわたしの大切さをようやくわかってくれたのかもしれない。実際になんだか車の外からも誰かの視線を感じる気がするし、肩が重い気がするから嘘じゃない。

「あのね、家の場所は教えるから、カイトが話を聞いてくれるかな？」

「あ？」

カイトが不機嫌そうな声を出すので、しまった……と頭の芯《しん》が冷たくなる気がする。体が強《こわ》ばるけど、それでもがんばって言葉を続ける。

「わたしの腕がこうなってるのは内緒にしたくて……」

「ああ、まあ、そらそうか……悪かったよ。それで、どうすればいい？」

「えっと……うちの故郷はね、すごく閉鎖的な場所だから、知らない人には事情を教えてくれないと思うの。でも、わたしの婚約者って言ってくれれば誤魔化せると思う」

カイトが思ったよりも素直にわたしの話を聞いてくれたことに、少しだけ驚いてしまった。そっか。ハヤトさんっていう邪魔者とかリナってバカに媚びなくていいなら、カイトはこんなにもわたしに優しい人なんだ。

「まあ……そうだな。そうだよな……」

自分に言い聞かせるように小声でそう言いながら、カイトは車を運転し続ける。わたしの実家まではまだ距離がある。

「それで、ええっと……子供が生まれそうだからおごさまについて聞きたいって、そう聞けばいいと思う」

「ガキが？」

「あくまで、話を聞き出すための嘘だよ！」

声色が低くなるカイトに驚いて、慌てて補足をする。わたしの浮気を疑うなんて、カイトったらこんな嫉妬深い一面もあったんだ。知り合って二年半も経っていても知らないことはたくさんあるんだなって、こんな時にも思う。

「おどろかせんなよ。お前を大事にしたくて手を出してないんだから、誰の子だよってビビったわ」

「わたし、お母さんと仲良くなくて……だけど、心配はかけたくないから」

カイトは話を聞き終えてからしばらく無言だった。でも大きな溜め息をついてから首を縦に振ってくれた。

「まあ、片腕がない女をこんな田舎で連れ歩いてたら目立っちまうしな」

車を発進させながら、カイトが小さな声でそう言ったのが聞こえる。照れ隠しかな？

ふふ。まだ結婚は先のことだもんね。

「適当なビジホに入るから」

市内に入ってから少し体がダルくて、車に揺られているのもあってまぶたがどんどん重くなってくる。

目を閉じると、真っ暗な空間でスポットライトに照らされたみたいに浮かび上がるおごさまの姿が見えてきた。前は胎児みたいな姿だった気がするけれど、今は赤く光る糸で出来た繭に包まれているみたい。

夢のような夢じゃないような不思議な感覚。

——さやちゃん、大丈夫だよ。

安心する声だった。懐かしいような声。おごさまの声なのかな。ずっとわたしを見守ってくれている本当の家族みたいな感じがする。

温かくて、それで、甘い匂いが体を内側から満たしていく。さっきまで感じていた、まとわりつくような視線も今は感じない。

おごさま。わたしも大丈夫。カイトとわたしを幸せにしてくれるなら、わたしの全部をあげたってかまわないです。でも、まだわたしはあなたのことをちゃんと知れてないから。ちゃんと知りたいから待っていてください。

——さやちゃんが知りたいのなら教えてあげる。

優しい声が聞こえた。教えてくれるなら教えて欲しい。

——何を捧げる？　本当に全部を捧げられる？

改めて確認を取られると、少しだけ尻込みをしてしまう。おごさまに全てをあげてもいいけれど、それでカイトといられなくなったら元も子もない。だから、少しだけ待って欲しいって伝えてみる。

——大丈夫。焦らなくていいよ。これ以上捧げるのは、危ないよって伝えたでしょ？

おごさまの声は優しかった。泣きだしてしまいそうな気持ちになる。わたしが何も決められなくても怒ったり怒鳴ったりしないのは、おばあちゃんだけだったから。

声と温かい感覚が少し薄まって、車が止まった音が遠くから聞こえてくる。起きなきゃって心の中では思うけどまぶたを開く気にはならない。だってせっかく今おごさまといるんだから。カイトだってわかってくれるはず。

「……ちっ。運んでやるか」

ふわりと体が浮いて、カイトがわたしのことを運んでくれている気がする。

誰かとカイトがやりとりする声が聞こえて、それから体がもう一度どこかやわらかい場所へ降ろされたのがわかる。

起きたいのに、体が動かない。どこもかしこも赤色の空間で、繭の中にいるはずのおごさまはじっとこっちを見ているのがわかる。それが心地よくてどうしようもない。

「これが……本当に」

目も開かないのにカイトがわたしの鞄をあけたのだけはなんでかわかる。

「……ったく。クソ。兄ちゃん……ちゃんと……とるからな」

おごさまが入った箱を忌々しそうに見つめたカイトが何か呟いていた。でも、部分的にしか聞こえない。もう一度言ってと思うけど、わたしの声は出なくて、それで、カイトは部屋からでていってしまう。

それだけ見えて、わたしの視界は再び真っ赤な空間を捉《とら》え出す。

カイト、お義兄さんの仇《かたき》をちゃんと討とうね……ハヤトさんが悪いんだから。心の中でそう語りかけながら、わたしを呼んでいる空間へ意識を向けた。


心臓の鼓動みたいな音と、それに合わせて明滅する赤い繭が近付いてくる。わたしが持っているおごさまは割れ目から光が漏れているだけだけれど、今目の前にいる繭は全体が赤く光っている。それがどんどん目の前に近付いてくるって思ったけれど、それは勘違いだった。わたしが、繭に吸い寄せられている。繭の光は近付いても眩《まぶ》しくなくて、温かい光の壁をすり抜けて繭の内側へと招かれた。

「ここは……」

足下では、幼稚園生くらいの大きさに育ったおごさまが、白目のない瞳でこちらを見ている。熟《ど》した桑《ど》の実色《め》をしていた肌は薄《うす》らと光を帯びていてなんだか金箔《きんぱく》を塗ったみたいに見える。四本ある腕は胸の前で折りたたまれているし、蛹みたいに動かない。開いている目だけがぎょろぎょろと動いているけれど、不思議と怖くはない。人間とは違う姿だし、わたしは他人の子供は嫌いだけど、何故かおごさまはかわいいなって思った。わたしが血を吸わせているから大きく成長してくれたのかな。

「さやちゃん、やっと会えたね」

　足下あたりから聞こえてきたのは、赤ちゃんみたいな声じゃなくて、もっと違う……大人っぽくて優しい声。ちょっと前からわたしに話しかけてきてくれた声だった。神様っていうにはちょっと親しげというか威厳はないかもしれない。でも、わたしにはなんだか懐かしい気持ちになる、そんな声。

「おごさま？」

　勇気を出して声をかけてみる。でも、おごさまは少し体を動かしただけだった。

　二、三歩前に進むと、水音が鳴る。そこではじめて自分の足がくるぶしまで半透明の赤い水に浸《つ》かっていることがわかった。

　ゆらゆらと水面が動いて、人の形になる。液体で出来た人影はおごさまの代わりに話し始めた。

「この子はおごさま。さやちゃんが血肉と祈りを捧げたお陰で、ようやくこちら側へ招けたんだよ。本当にありがとう」

「この子が……。でも、よかった。元気になったんですね」

不安だったけど、血をあげるのは正解だったのがわかって安心する。あのまま、おごさまが弱って死んじゃったら大変だもん。だって、まだわたしのお願いは叶えてもらっていないから。

お礼を言って感謝してあげたんだから、一つくらい願い事をただで聞いてくれたりしないかな。それか、次の願いは少し軽い犠牲にしてくれると助かるかもってくらいなら、聞いてくれるかもしれない。わたしが口を開く前に、目の前で揺れる液体人間が話し始めた。

「あなたと私は元々ひとつだったのにね。願いを叶える力も本当ならあなたは自由に使えたはずなのに、かわいそう。増山家はおごさまと同じで奪われるばかりの血筋になってしまったからね」

「え？　どういうこと？」

しゃべると顔に波紋が出来て揺れる。なんだか勝手に憐《あわ》れまれたのはムカつくけど、でも、それよりもおごさまが言った内容の方が気になってわたしはもう一歩前に出る。

「わたしが特別な力を持ってるのに、誰かに横取りされてるってこと？」

確かにそうだ。だって、わたしは特別な子なのに。

「だって変だと思わない？　願いを叶える力がある繭を持っているのに、みんながあなたをバカにするなんて」

なんで知ってるの？　なんて思わなかった。だって、おごさまは小さな頃からわたしと一緒にいるから。全部見ていてくれたんだってうれしくなる。それから、思い出さないようにしていた小さな頃のことが、頭の中に蘇《よみがえ》ってくる。

　バレンタインで手作りチョコを渡してあげたら大輔《だいすけ》くんにブスって言われて突き飛ばされたこと、仲良くしてた心桜《こころ》ちゃんがちょっとハンカチを無くしたくらいで怒ってわたしを仲間外れにしたこと、先生が「お前にも原因があるんだぞ」ってわたしがされたことも考えないで説教してきたこと……。その気になれば、お前らなんて殺せるのに……わたしは我慢してきてあげたっていうのに。

「あなたはもっと大切にされるべき存在なのにね。それに、もっと簡単におごさまの力を使えたかもしれないのに」

「本当にそう。許せない」

　確かにそうだと思った。おごさまが弱っていなければこうやって液体みたいな人を通してとはいえ話すことも出来たし、おごさまはわたしに優しい。神様だからか、たまに勝手にこっちを憐れんできてムカつくけど、それでもわたしの味方でいてくれる。

　おごさまの白目のない昆虫みたいな目がぎょろぎょろとうごき、液体人間の両手がわたしの頬に触れる。不思議とつめたくなくて、温かくて、そして、濃縮された甘い香りがわたしの体内を満たしていく。

「さやちゃんに覚悟があるならだけど、一緒にあんな場所めちゃくちゃにしちゃおうよ」

頭の中に直接響くような小さくて甘い声は、耳元でしっかりと聞こえた。

許せない。わたしに色々隠してきた親のことを。許せない。わたしのことを踏みにじったクラスのやつらも先生も。許せない。わたしのことをバカにしたブスな女たちのことも。まだ、わたしが知らない方法を吐かせなきゃいけないから、殺すわけにはいかないけど、おごさまを新しく作る方法が分かったら、あいつらのことも潰しちゃおう。きっとおごさまもしたいことのはずだから、願い事にカウントしないでくれるはず。

腕も返してほしいけど、多分無理なのはわかる。だから、おまけをしてくれませんか？って頼もうとした。


「起きろ。おい、さあや」

頬を軽く手の甲で叩かれた感覚がして、わたしの体が赤くて仄《ほの》暗い繭の世界から浮き上がる。

まだ話したいことがあるけど、でも、わたしにはおごさま以外にも大切な人がいるし、その人をさみしがらせるわけにはいかない。

天井に空いた丸い穴からは白い光が射している。まっすぐそこへ飛んでいくと視界が一面白で塗りつぶされた。

次に目を開いた時に見えたのは、わたしがこの世界で唯一愛している人――カイトのキレイな顔だった。

「お前、調子悪そうだし起きなかったからさ、とりあえず図書館に一人で行ってみた」

カイトが指差したローテーブルの上には何冊かの本が重ねられている。それから、なにかをコピーした紙を挟んだクリアファイル。地元の図書館なんてわたしですらいったことないのに。

寝ている時は感じなかった纏《まと》わり付くような視線をまた感じる。部屋には隠しカメラもなさそうなのに。故郷にいるからって少し神経質になっているのかな。

「起きてるうちに実家の住所教えろよ。明日はそっちにいってやるからさ」

「あ、ありがと」

それにしても、カイトがこんなに協力的だなんて思わなかった。

カイトが借りてきてくれた古くさくて分厚い本の背表紙を見てみる。歴史とか養蚕業って書いてある。あと伝承？

「まあ、あとここらへんで起きた災害についてとかも調べるといいって教えてもらったんだよな」

手に取ったクリアファイルからカイトが出したのは新聞記事のコピーだった。それはわたしが生まれる前に起きた洪水についての記事みたい。なんとなく、昔おばあちゃんから聞いたことがある気がする。そこまで考えてから重要なことに気が付いた。

教えてもらった？　平日に図書館に来る見知らぬ人間に、ものを教えるような親切なやつがこのへんにいるの？

「だ、誰かと話したの？」

「あ？　ああ、女じゃねえから安心しろよ」

そうじゃない……それも心配だけど。行き遅れのババアか、しけた田舎でダサい男と結婚したババアくらいしかここにはいない。枯れきったくせに発情するみっともないババアがカイトに言い寄ったかと思うと、本当にムカついてくるけれど……それよりも、わたしが戻ったと知られることが怖かった。

図書館は、市内にあるとはいっても地元の字《あざ》から少し離れている。警戒しすぎかもしれないけど、どうしても誰かに見られている気がして落ち着かない。

「そうじゃなくて……田舎って狭いでしょ？　だから、カイトはかっこよくて目立つし、変な目に遭ってないかなって心配になって……」

「大学の課題で妖怪《ようかい》について調べてるって適当に嘘を言ったら、知らねえやつが色々教えてくれたんだよ」

カイトがそんな機転が利くとは思わなかった。そういえば、大学に通ってるんだもんね。わたしは高卒だから大学がどんなところなのかマンガとかドラマでしか知らないけど……。

「そ、それで、色々教えてくれた人の名前は？」

舌打ちが聞こえて、それから眉間《みけん》に皺《しわ》を寄せたカイトが溜め息を吐いた。せっかく彼ががんばってくれたのに色々水を差しちゃったかもって焦る。

「話しかけてきたやつの名前なんていちいち聞くわけねえだろ」

「そ、そうだよね。あの、親戚《しんせき》だったらちょっと怖いなって」

「そういうことか。でもまあ、ここらへんのやつじゃないって世間話はしたな。民俗学？かなんかの調査でこっちに来てるんだってよ」

　カイトはローテーブルの前に置かれている安っぽいソファーに座ると、本を開いてペラペラとめくり始めた。

「ああ、でもあの顔なら店で働けるかもな。スプリットタンなのはまあ、好き嫌いはわかれるけど塩顔系の美形だったし。俺の顔が好みじゃねーって女から好かれると思う」

　それから、何か思い出したみたいに今日あった相手のことを話してくれた。確かに、スプリットタンにしてる人なんてここら辺には住んでいそうもない。余所《よそ》者がわたしたち以外にもいるのなら、案外目立たなくてすむかもしれないなって思いながら、わたしもカイトが持ち帰ってきてくれた本を手に取った。

　でも、こういう本は漢字ばかりが並んでいて、内容があんまり頭に入ってこない。それに、片手だと本も捲《めく》りにくい。カイトはというと、なんだかおもしろそうに難しそうな本のページを捲っている。知的なカイトもかっこいいと思うけど、なんだか置いて行かれたような気持ちになる。キレイな肌も、灰色がかった神秘的な瞳の色も無造作でもかっこい い少し緩いパーマのかかった黒髪も好き。だから、少し短気で、わたしに痛いことをして も平気だった。だってカイトはわたしに色々プレゼントしてくれたから。でも、なんでだ ろう。こんなに大好きなのに……顔も良くてお金も持っていて、知的だなんて彼氏として 何の非もないのに。

「なんだよ。俺がこういう本を読むのが意外みたいな顔しやがって」

タバコを吸うために本から顔を上げたカイトが、短く息を漏らすように笑う。初めて見た表情だった。

「俺のこともっとバカだって思ってたんだろ」

返事をしないわたしに対して、言葉は乱暴だけど笑みを含んだ声で言うと、タバコを咥《くわ》えてライターで火を付けた。

「元々、民俗学を勉強したかったんだよな。まあ、金がなくてハヤトさんのところで働くことになったんだけどさ。足りない分の学費にはまだ足りねーし……退学してもいいかなとは思ってたんだけどリク兄が金を出してくれることになってさ。だから、まあちゃんと来年度からは休まず大学に通おうって思ってたんだよ」

「そ、そうなんだ」

学生結婚も悪くはないけど、それでも……カイトがリク義兄さんの代わりに会社の跡継ぎになるなら世間体とかも気にするかもしれないし……なんて考えていると、カイトがわたしの前に小さなメモ帳と部屋に備え付けてあるボールペンを置いてくれた。

「じゃあさ、俺が付箋《ふせん》をはったところ、メモしてくれない？」

それから小さな声で「片手じゃ本、読みにくいだろ」と付け加えてくれた。その一言で、わたしはさっきまでの心細さと嫉妬心に似た気持ちが嘘みたいに溶けて消えていってしまう。

やっぱりハヤトさんがいなくなってから、カイトはわたしに優しい。まるで、悪い憑《つ》きものが落ちたみたい。これが本当のカイトだったりするのかな。それとも、わたしが腕を無くしたから配慮してくれているのかな。

「わかった」

頷いてから、わたしはカイトが印を付けてくれたところをメモに書き写していく。
・馬の皮を干したものに湧く蚕の妖怪
・首つりをした死体に湧く蚕
・女の病の治癒を祈る神は卵や肉を祀《まつ》ると呪う
・水害の後、瓦礫《がれき》を食い尽くした黒い芋虫の群
・人を恨んで祟《たた》りを起こした妖怪の逸話
カイトには悪いけど、たぶん全部的外れな本だ。だっておごさまって名前が出てこない

から。妖怪なんじゃなくて神様のことを調べればいいのにって思うけど、わたしはばかで難しいことはわからないから今はカイトに任せるしかない。

「そういや、これって親戚？」

疲れて伸びをしていたらカイトがクリアファイルの中にあった新聞記事を見せてきた。持っていたボールペンを置いてコピー用紙に印刷された古い新聞記事に目を走らせる。

それは、わたしがまだ小さい頃にあった事故みたいだった。

小さな記事に事故の概要だけが記されていた。内容はこうだ。

××××年五月五日午前十一時二十五分ごろ、××県大成町《おおなり》窪塚《くぼづか》の県道にて、大型トラックが道から大きく外れ、歩道を約五メートルにわたって横切り、ペットショップを営んでいる民家へ突っ込んだ。当時自宅で留守番をしていたと思われる十四歳のMさんと、トラックを運転していた県外の二十代男性は病院に運ばれた後死亡が確認された。

××県警大成署によると、現場は片側一車線の直線道路。近隣の住民から「トラックが民家にぶつかっている」と一一〇番通報があった。署が事故原因を調べている。

Mさんの双子の姉であるRさんと父親は通院のため出掛けており、幼い少女の留守中に起きた悲劇だった。

少しだけ思い出した。利香《りか》ちゃんと美香《みか》ちゃんの話。うちの分家で勝手に古いおごさまを持って逃げたんだってお葬式でおばあちゃんたちが話していた。ちゃんとした願い事をしないで、動物の肉を与えていたからバチが当たった家。

「お葬式も、行ったことある」

「うわ……マジで田舎って狭いな」

　でも、こんな小さな事故の記事を……なんでカイトに渡したんだろう。単なる偶然かもしれないけど、なんか嫌な予感がする。

　祟りだって大人たちが話していたのを思い出す。原因は忘れちゃった。おごさまを正しく使わなかったから？　わたしも祟られちゃうのかな？　でも、わたしはあんな盗人の一家とは違ってちゃんとしたおごさまを使っているし、おごさまと話が出来てる。だから大丈夫って自分に言い聞かせながら、更に調べたことを話してくれるカイトの言葉に耳を傾ける。

「水害の後に瓦礫を食い尽くした黒い芋虫ってのは、実際にあった台風の年のことなんだな」

　もう一枚の新聞記事のコピーをカイトは手渡してくれた。

　昭和二十二年……おばあちゃんが二十歳くらいの頃の話……。わたしがお昼寝をしている時に家に来た近所の人がそれっぽいことを言っていた気がする。水害と助かったって単語しか聞こえてこなかったけど、それが本当なら、多分この記事のことかもしれない。

　おごさま……いったいなんなんだろう。わたしの家の守り神。たしか、利香ちゃんの家にいた蚕は「たれこさま」とか「たれっこちゃん」って呼ばれていたみたい。美香ちゃんのお葬式の時に親戚のみんなが怒って、たれっこちゃんを拝み屋さんに祓《はら》われちゃったって利香ちゃんが泣いていたのを思い出す。おばあちゃんも怖い顔をして「おごさまに畜生の肉なんて喰わせるからだ」って見たこと無いくらいに怒った顔をしていた。

「この子の家にもいたの。守り神みたいなものが」

「は？　すげえじゃん」

カイトが身を乗り出してわたしの話を聞いてくれる。だから、わたしは知っていることを話してあげた。

「たれこさまに動物の肉を食べさせると、未来予知が出来たんだって」

「へえ。まあ、お前の家のおごさまの方が格上ってことか。願いをなんでも叶えてくれるんだもんな」

カイトがおごさまを褒めてくれたので、少しだけ気分がいい。

「そう。利香ちゃんのお母さんはペットショップをしてて、仕入れたハムスターとかを食べさせて予言とかをしてたみたい」

「利香って子と連絡は取れねーのか？　何か知ってるんじゃね？」

「死んじゃった」

「へえ。呪いとか祟りってやつかな」

カイトは利香ちゃんが死んだってわかると興味を失ったようにわたしから離れて、また本に目を落とし始めた。

利香ちゃんが生きていたら、確かに頼もしかったかもしれないけど、田舎にいる女だ。きっとカイトに惚れてめんどくさくなるに決まっている。同世代の親戚が少なかったから、利香ちゃんも美香ちゃんも死んじゃったのは当時とても悲しかったけれど、今は良かったなって思う。結婚した後に従姉妹《いとこ》と不倫されるなんて嫌だもん。

「おごさまに自分を捧げないで、力だけもらおうとするからだよ」

「……まあ、お前は左腕も持って行かれて、具合も悪そうだしな。願いを叶える代償はそれなりに大きいってやつか」

カイトはわたしの左腕を見つめてくる。どこからともなく絡みついてくるような不快な視線じゃなくて、カイトの視線ならキモくないし、うれしい。少し眉尻を下げてこちらを気遣ってくれるカイトは、今まで一緒にいた中でも一番優しいかもしれない。

わたしが見つめていることに気が付いたのか、カイトは何かを思い出したように鞄をごそごそと漁《あさ》って白いビニール袋を取りだしてくれた。

「飯。コンビニので悪いけど」

そういえば、夕方にラーメンを食べたっきり何も食べてなかった。

「ありがと」

本当は二人で外食をしたい。でも、こんなところで知り合いに会うのは嫌だし、これで我慢するしかない。それに贅沢《ぜいたく》すぎる女は嫌われるよね。だから、がまんしなきゃ。

袋の中からおにぎりをひとつ取って袋を開ける。でもなんだかかび臭くて思わず顔をしかめてしまった。

「ね、カイト……これ大丈夫？」

「あ？」

カイトはわたしがおにぎりを自分に渡したって勘違いしたのかもしれない。臭いに気付きもしないで、そのままおにぎりを手に取ると大きく口を開いて食べてしまった。もぐもぐと咀嚼《そしやく》しているのを見てやっぱりバカ舌なんだろうなって、がっかりしつつも安心する。

ちゃんと鰹節《かつおぶし》から出汁《だし》を取れとか、クックドゥとか使うななんて言わないと思う。そういうところはいいよねって自分に言い聞かせながら、わたしは水だけ飲んでベッドまで移動をした。

「まだ食欲無いみたい。わたし、先に寝るね」

「ああ、おやすみ」

カイトはビニール袋を手元に引き寄せておにぎりを飲み込んでからそう答える。でも、視線は本に釘付《くぎ》けのままだ。

体がダルい。難しい本を読んだから、知恵熱でも出しちゃったのかな。わたしはバカ校出身だったし、図書館で本なんて借りたこともないし……。

まぶたはどんどん重くなっていく。視界の隅で縄のようなものが動いている気がする。それはカイトの影に纏わり付いているようにも見えた。不快だけど、それでも……眠気で体が動かない。夢の中で誰かがわたしを呼んでいる気がする。おごさまにまた会えるかな。そうしたら、この忌々しい蛇みたいにしつこい視線からも逃れられるのかな。

この部屋はずっとなんだか気持ち悪い。部屋だけじゃない。市内に入る前に少し元気になれたのに、ここに来てから見張られているみたいだし、それに食欲もない。なんだか変だ。

シャワーに入るにも片腕で服を脱ぐのもめんどくさいから、鞄の中に入れている汗拭きシートで体を拭うだけ拭って、おごさまが入っている箱を枕元に置いてわたしはベッドに寝転んだ。

カイトも優しいし、わたしに協力してくれている。カイトのスマホは何度か鳴っているけれど、それでも電話に出て長々と話したりしないし、ケバいだけの女に媚びた声を出したり、わたしとの予定をほっぽって店に出て行ったりしない。幸せなのに。幸せを感じるべきなのに、わたしはなんでこんなに鬱々《うつ》とした気持ちを抱えているのだろう。

目を閉じる。カイトがページを捲る音と、タバコに火を付ける音、タバコを吸い込んで葉が燃える音だけが部屋には満ちていた。

箱の中ではおごさまが微かに動いているのかカタカタと時折ゆれる音が聞こえている。耳を澄ますと、小さな小さな泣き声みたいな声が聞こえてくるみたいだった。

なんで泣いてるの？

心の中で聞いてみる。答えてくれるんだろうか。

——わたしたちが失われていくから
意識がぐわって引っ張られた気がして、わたしはいつのまにか真っ黒な空間に落とされる。

おごさまの中に引き込まれた時に近いけれど、少し違う。足下から徐々に明るくなっていていつのまにか空に浮かんでいた。

ごうごうと音を立てて茶色い水がすごい勢いで流れていく。曇った空と湿った空気が広がっている中で、太い木や古くさい家が水やゴミと一緒に押し流されていくのをよくわからないまま眺めていた。

おごさまの声は聞こえない。

ものすごい速度で色々なものも人も家畜も流されて泥と瓦礫だけが残っていた。なんとなく見覚えがある。あの神社とか、木造だけど学校っぽいものの位置は……昔、資料集で見たわたしの故郷そのものだった。

早送りをしているみたいに人も物もたくさん動いていて、神社に人が一杯集まっている様子をわたしはただただ上から眺めている。

あつまっている人の中で恰幅《かっぷく》がいいおじさんが、細くて震えている女の人に詰め寄っている。

「ワタヤよお、おめの家でまつっている神様ってのがいるべ？」

女の人は泥だらけで服もぼろぼろだ。といっても他の人だって着の身着のまま洪水から逃げたからか、似たり寄ったりの格好なんだけど。

「このままだと蚕さんも死んちまうし、畑だってどうしようもねえべ。あんたらがおらたちの代わりに犠牲を払っているのは知ってっけどよ、考えてくれねえか？」

「……あんたらはおごさまのことを信じてなかったべよ！　こんなときにかぎって……」

「おめのことも、おめの家族のことも子々孫々までだいじにすっからよ」

躊躇《ためら》いがちに俯《うつむ》く女の両肩に、恰幅のいいおじさんが手を置いた。まわりのひとたちに遠巻きにされている女の人は顔を上げて、助けを求めるような視線を向けている気がした。でも、他の人たちも恰幅のいいおじさんと同じように「神様に頼んでくれ」としか言わなかった。

「わかったよ。ちゃんと約束は守ってもらうかんな」

観念したように首を縦に振った女の人は、着物みたいな服の懐に手を入れてなにかごそごそしている。

「おごさまだ……」

わたしはすぐに気が付いた。

だって、女の人が取りだした箱は何度も見たことがあったから。そこでやっと気が付く。あの女の人はわたしのおばあちゃんなんだって。

見慣れたツヤツヤした黒塗りの箱から取り出されたのはまだ真っ白なおばあちゃんのおごさまだった。

おばあちゃんはおごさまを両手で包むと、胸の前に持っていって抱きしめるみたいにしながら目を閉じた。

「おごさま……お願いします。この村のみんなを助けてください」

おごさまにヒビが入って、そこから伸びてきた糸が、左腕の肘から先に巻き付く。すると、良く切れる刃物で切ったみたいにあっというまに左腕は体から離れて、おごさまの糸に包まれて無くなっていく。

おばあちゃんに生贄《いけにえ》になることを強いたくせに、恰幅のいいおじさんは体を仰《の》け反らせておばあちゃんの両肩に置いていた手を離した。あいつの腕もちぎれちゃえばよかったのに。

まわりにいたおばあちゃんに願いをしろって言っていた図々しいやつらも、腕がなくなるとざわざわ騒ぎだした。信じてなかったのかよってムカついてくる。こんなやつらのためにおばあちゃんは左腕を失ったなんて。

おばあちゃんがその場にひざをついてうずくまって、おごさまを地面に落とした。すると、繭が落ちたところが黒く変色し始める。変色した地面が繭を持ち上げて動き始めると、周りにいたひとたちが悲鳴を上げながらその場にしりもちをつき始めた。

「毛虫だ！」

一人だけが、おばあちゃんに駆け寄ったけど他のヤツらは好き勝手に逃げるだけだった。毛虫を潰すのもお構いなしに逃げていたやつらを無視しておごさまの下から出てきた小さな幼虫たちは村中に散らばっていく。

悲鳴と怒号が広がっていたけれど、少しずつ混乱は収まっていった。毛虫たちが瓦礫や泥を食べてどんどん大きくなって白くなり、見慣れた蚕の芋虫に変わっていく。白い芋虫になってからも、瓦礫を食べ続けた。そして、隙間を見つけて繭を作っていった。食べられた泥や瓦礫は毛虫や芋虫たちが糞《ふん》代わりに出すふかふかした土にどんどん変わっていく。

魔法みたいな光景を見ながら、わたしは一人の冴《さ》えないブサイクな男に支えられているおばあちゃんの表情に目を凝らした。

おばあちゃんの顔色は血の気がなくて真っ青だったけど、とろんとした熱に浮かされたような目をして唇の両角を確かに持ち上げていた。

夢だったのか、それともおごさまが見せてくれていた過去の話なのか区別が付かない。目が覚めて、体を起こす。おごさまの箱を開くと、繭は変わらない様子で赤い光を割れ目から放っている。それから、部屋を見回してカイトがいないことに気が付く。不安はない。だって今頼れるのはわたしだけだから。枕元に置いたままのスマホを見てみると、もうお昼だった。カイトからは「お前の実家に行ってみる」とだけメッセージが入っている。朝早く起きて出掛けてくれたみたいだった。

机の上に本はない。だから、図書館にも行ったのかな。

なにもすることがないからSNSを開いてみる。リナのインスタも見ると、あいつはホストに行ってシャンパンが高いとか、送りがなかったとか文句を言っていた。ざまあみろ。あんたが貢いでいたカイトは、今わたしのために色々動いてくれてるよって書き込みたいけど、それをしたら居場所がバレちゃう気がするから仕方なく我慢してあげる。

スマホを見てもつまらないな。おごさまを正しく使えるようになって、カイトも落ち着いたら色々とみんなに教えてあげよう。わたしのためにどんなにカイトががんばったのかとか、ハヤトさんがどんなに最低な人だったのかとか、カイトの兄さんを殺そうとしたのはハヤトさんだったとか。

気になってハヤトさんの名前をサーチしてみたし、ハヤトさんのアカウントも見てみたけれど特に動きはないみたいだった。本当に死んじゃったのかな。そうだったらいいんだけど。

やることも特に無くて、わたしはおごさまを箱から取り出してひざの上に置く。指の平で撫でてあげると、おごさまはゆっくり明滅させていた光を少し早くして反応してくれた。伸ばしてくれた糸はわたしの指に絡みついて、白い糸がわたしの血で染まっていくだけでなんだかうれしかった。昨日からろくに食べてないけど、おごさまのお腹が満たされるとわたしも何かを食べたみたいな気持ちになるから不思議だ。これが母性ってやつなのかもしれない。

「お前の家、どうなってんだよ。ボロボロだし誰もいなかったぞ」

いつのまにか、また寝ていたみたいだった。わたしが目を開くなり、カイトはそう捲《まく》し立ててきた。ポケットからスマホを出した彼はわたしの目の前に画面を突きつけるように差し出してくる。

「え、あ……なに？」

「その感じだと、いつもみてーに適当な嘘をついたってわけじゃねーんだな」

溜め息を吐いたカイトは、わたしの隣に腰を下ろすと、改めてスマホの画面を見せてくれた。

カメラロールに表示された画像に写っているのは、確かにわたしの家だ。狭い入口を通って、右に精米機の置いてあった納屋が建てられている。コの字型に広がった納屋に囲まれている広いだけの庭に出ると右側には昔、蚕を育てていたっていう二階建ての建物が見えて、コの字の空いた部分を埋めるように左側には細長く作られた母屋があった。

「わたしの家なのはあってるけど」

あっている。確かにボロボロで手入れがされている様子はない。引っ越したのか、それとも……。それを考える前に、知らないものが庭にあることが気になった。

「これだけ、しらない」

庭の中央には、木の杭《くい》？　みたいなものが二本、Vの字みたいな形で突き刺さっていた。

そして、地面にはなにかの燃えかすがたくさん落ちている。画面を拡大しても、それはなにかわからない。

「俺はお前の持ってるやつしか知らねーけど、繭じゃねーの？　なんか形もまるっこかったし。キモいから流石に触れなかった」

なんだろう。

おばあちゃんが死んでから、なにかあったのかな。雨戸は閉めっぱなしなのか、ほこりっぽい感じがする。納屋の中にあったはずの色々な農機は持ち出されているのか空っぽで、錆びたわたしの自転車だけがぽつりと残っていた。

「真ん中にある儀式のあと？　みたいなのがキモくてさ。すぐ帰ってきた」

カイトは眉を寄せながらそういうと、わたしからスマホをさっと取り上げて自分のポケットにしまって、タバコを口に咥えた。

「まだ煙もあがってたし、なんか臭かったし」

「え」

この妙なオブジェみたいなものは、昨日の夜に作られたってこと？　昨日、おごさまが泣いていたのはこのせい？　色々なことが繋《つな》がって、なんだか急に気持ちが悪くなってくる。

「それにしても田舎は道が狭くて大変だよな」

そういえば、カイトはあのオシャレでかっこいい車でわたしの実家まで行ったんだろうか。

クソ狭い、軽自動車ですらすれちがえないような入り組んだ道を……。

どこかに車を停めた？　でも、駐車場みたいな場所の心当たりは少ない。神社か、大通りに面した道路の路肩に適当に停めたんだと思う。

ぐるぐると目眩《めまい》がする。どきどきと心臓が脈打つ。右手と背中に嫌な汗が滲《にじ》んできて、焦燥感ばかりが増していく。

「場所、変えよ」

急に立ち上がったわたしにカイトは「なんだよ！」と怒鳴るけど、それどころじゃない。

ソファーに置いてあった鞄を持って、おごさまの箱を入れようとした。箱の中からは

「カサカサ」と小さな音がする。視界の隅で縄みたいな影がにょろにょろと蠢《うごめ》いた気がした。昨日、カイトに絡みついていた影を思い出す。

カイトは、苛立った様子でわたしを睨《にら》んでいる。そんな場合じゃないのに。わかった。全部わかった。見張られていたし、車を家の近くに停めたならバレたはず。

「カイト！　今すぐここから出よう！」

カイトの腕をつかんだ瞬間に、バチンと静電気をもっと大きくしたような音が響く。部屋中の影に潜んでいた縄みたいな影が蛇みたく壁や床を伝ってカイトに集まっていくのが見えた。思考が混乱する。動きを止めてしまう。

「は？　なんなんだよ。お前勘違いしてねーか？」

カイトが蛇みたいな縄に気が付いた様子はない。苛立ちを隠すつもりのないカイトは、わたしの腕をつかみ返して、そのままベッドの方へ放り投げた。

それから、口に咥えていたタバコにサッと火を付けてこちらへ近付いてくる。

「お前がバカで愚図で人の話を聞かねーメンヘラだから、事を荒立てないように言うことを聞いてやってたけどさぁ」

タバコを見て、手が震える。呼吸が浅くなる。鞄から出てしまったおごさまをなんとか手に取ったけど、カイトの口に咥えられたタバコから目が離せない。ごめんなさい、ごめんなさいと頭の中に自分の声が響き始める。タバコの煙を吐きながら、カイトがわたしのお腹を思いきり踏んだ。

「お前がリク兄ちゃんにしてきたこと忘れてねえからな」

身に覚えが無いことを言われて、わたしは頭の中が真っ白になる。

「わ、わたしはなにもしてないじゃん！　あのブサイクが」

ブサイクと口走ってから、我に返る。でも、もう遅かった。

「お前はそういうやつだよ。自分がしたことは忘れて、されたことだけ覚えてる」

ハッとしているわたしを見下ろしているカイトの手が動く。じんじんとした熱が頬を覆って、少し遅れてじわじわとした痛みが広がっていく。カイトが手の甲でわたしの頬をビンタしたんだと、痛みを感じてから気が付いた。

「あのさ、カイト、そんなことよりも」

叩かれた場所がじんじん痛むけど、がんばって話を続ける。カイトはイライラすると人の話を聞かなくなる。だから、あのブサイクが、わたしに何をしたのかを今話すのは我慢してあげる。

きっと大好きなお兄さんに先立たれて、心の支えだったハヤトさんにも裏切られて、不安定になっているだけだよね。でも、今はそれどころじゃない。カイトは見えてないけど、変な影に噛まれていた。だから、具合が悪くなったり、死んじゃうかもしれない。

「そんなことってなんだよ」

わたしの話を聞いてくれないまま、カイトは言葉を荒くすると近くにあったテーブルを蹴飛《け》ばした。百合《ゆり》の花が活《い》けてあった花瓶がカーペットの上に鈍い音を立てて落ち、じわじわと水が染みこんでいく。

「ちがうの！　とにかく、今はここから離れないと」

「優しくしてれば少しは大人しくなるかと思ってたけどさあ」

カイトを説得しないといけない。でも、いくら言葉を重ねても、彼に言葉が届かない。

昨日までは確かに優しかったのに。何が起きたんだろう。

タバコの火は怖い。ごめんなさいと口から謝罪の言葉が出てきそうになる。わたしの胸ぐらをつかんで立ち上がらせたカイトが、腕を大きく振り上げた。殴られる……そう覚悟して目を閉じた瞬間に、部屋の扉が乱暴にノックされた。

「チッ……。デカい音を立てすぎたか」

嫌な予感がした。舌打ちをしたカイトがわたしを突き飛ばして扉の方へ歩いて行くために背中を向けた。

「ダメ！　開けないで」

ベッドから床に転がり落ちるように下りて、扉に向かうカイトの脚に縋《すが》り付く。でも、怒っている彼はわたしのお腹を思い切り蹴とばして、扉の方へ向かっていく。

刺すような視線を既に感じる。多分ここに来たのは村のヤツらだ。きっとカイトの車を見て、ここにいるって判断したんだろう。田舎にプライバシーなんてない。

　下手したらホテルの人たちも、あの人たちとグルなのかもしれない。だって本来なら泊まっているお客さんの部屋を教えちゃダメだってマンガで見た気がするもん。

　カイトが扉を開いて、村のやつらが来たらおごさまを取り上げられちゃう。

「おごさま……」

　カイトになにかあったらおごさまに頼んで治してもらえばいい。だから……。転んだ拍子に少し遠くへ転がったおごさまの箱へ這いずりながら近寄る。

　カイトは……と目を向けるとちょうど鍵《かぎ》を回して、ドアノブに手をかけたところだった。ゆっくりと扉が開かれて、カイトが外にいる人たちと対面する。

「は？」

　ドアを開いたカイトは口を大きく開いて動きを止めた。彼は、他の客だとかホテルの人が注意しに来たんだと思っていたんだろうね。

「兄《あん》ちゃんに用事はねえから、下がっててくれっかな」

　でも、扉の外に待ち構えていたのはわたしの予想したとおり、村の人たちだった。太って汚いおじさんがカイトの肩を思いきりつきとばして、彼はよろける。キレイな顔をあんなやつらに殴られなくてよかった。

「カイトに触らないでよ」

これ以上、彼が変なやつらに絡まれないで欲しい。必死で声をあげて自分に注意を引きつけた。おごさまは右手でしっかりと持って取られないように体に密着させている。

あんなダサい脂ぎったおじさんに負けるくらいカイトはひ弱じゃないけど、やっぱり急な出来事だったからか、それとも田舎者をたくさん見てびっくりしているのか啖呵《たんか》を切るどころかどこかぼうっとしながらその場に立ち尽くしている。そんなカイトを押しのけて数人の村人が部屋にどかどかと入って来た。どうやって逃げようかな。カイトは変なおじさんたちに捕まったりしないよね。

「お前！　やっぱりおごさまを使ったんか」

わたしの左手を見た瞬間、知らないおじさんが大声で怒鳴った。反射で身が竦《すく》む。残っている右手で、おごさまの入っている箱をぎゅっと握り込んだ。

「わたしのものをどうつかおうが勝手でしょ」

「はやくお還ししねえと」

デブのおじさんの後ろにいた別のおじさんたちが、おごさまを還さないとみたいな話をしている。地面に這いつくばるようにしていたから、人に囲まれるとまわりが見えなくなる。その中でスラッとした白い影が見えた気がした。

怒ったカイトが怒鳴ってくれると思っていた。だって、わたしは彼の大切な婚約者だし、ハヤトさんに復讐するための大切な手段だから。

でも、カイトの声は全然聞こえない。一瞬だけ、おじさんたちの脚の間から戸惑っているような表情を浮かべているカイトが見えた。

有象無象とちがってカイトのキレイさだけが浮いて見える。白い肌に、灰色がかった瞳。だから、きっと間違えない。間違えないって、なにとだろう？　頭に浮かんできた声と急にきゅるきゅると鳴り始めたお腹で思考が混濁する。日焼けしてだらしない体のおじさんたちに紛れてしゅるしゅると地面を紐《ひも》状の長いものが這う音がする。うるさい……そう思った。おごさまはわたしを心配しているのか、少し強めにわたしの指に糸を巻き付けている。ああ、だから、お腹が空くのかな。もしかして、アレは甘くて美味しい味がするんだろうか。それにしても許せないなぁ。あいつらはわたしを大切にするはずじゃなかったのか。

「なにをぶつぶつ言ってんだ？　きもちわりぃ」

周りのおじさんたちは何かを話し合っていてこっちに来ようとしなかったのに、最初に部屋にはいってきた太ったおじさんだけが目の前に迫ってくる。こいつは見たことがある。お祭りの時とかもえらそうにして、下品に笑っていたキモいやつ。おばあちゃんには媚びた声でごますりをするくせに、わたしやお父さんを見ても声すらかけないし、挨拶《あいさつ》をしてもめんどくさそうな顔をしたやつ。こんなやつ、どうみても気持ち悪いし、汚いし、臭そう。仕事じゃなければ触られるのも嫌なはずなのに、頭の中では「おいしそう」なんて気持ちが勝手に流れ込んでくる。

「面倒かけるんじゃねえべ！　拝み屋に来てもらってっからよ。さっさと終わらすべ」

おじさんの手がわたしの髪をつかんでひっぱる。「また裏切るのか」と頭の中で声が聞こえてくる。おじさんが怒鳴りながら何か言っているけれど、頭の声が五月蠅《うるさ》くてよく聞こえない。

おごさまだけは取られたくなくて、体を丸めた。

「ふざけるな。おごさまはわたしのものだ」

叫んだけど、おじさんも同じように叫ぶ。猿みたい。あいつらはわたしの背中を思いきり蹴飛ばす。カイトになら蹴られても良いけど、こんなやつらに……おごさまを奪おうとしているゴミ共になんて蹴られたくない。

「カイト、たすけ」

顔を上げて、カイトがさっきまでいた場所を見た。でも、カイトはいない。頭をつかまれて持ち上げられる。その時に部屋をさっと見回してみる。でも、いるのはおじさんたちだけだった。ああ、これなら気にしないで済むよねって頭の奥で声がする。

「あの兄《あん》ちゃんは――って――っぺよ」

ゴミの声なんて聞きたくない。きっとカイトは助けを呼ぼうと外に行ったんだと思う。大勢のおじさんたちにはきっと勝てないって判断したんだ。こいつらは肉体労働とか農作業をしているだろうし力も無駄にあるに決まっている。だから、カイトは間違ってない。

「痛い！　ふざけんな！　触るなら金払えよ」

力じゃ勝てない。折り曲げている体に無理矢理触られる。周りにいるおじさんたちが何か話し合っている。横並びになって通路を塞《ふさ》いでいるから、簡単には出て行けなそう。

あばれて脚をばたつかせて、おじさんの体を蹴るけど、太っているからか全然動いてくれない。

「これさえとっちめえば、なんとかなる」

顔を赤くしたデブのおじさんは、わたしの右腕に手を伸ばしてくる。

「警察呼ぶぞ！　セクハラ！　痴漢！」

これだけ騒いでもホテルの人たちや警察は来る気配がない。カイトがせっかく外に助けを求めに行ったのに。カイトは部外者だし、話を聞いて貰えていないのかも。それなら、とっても可哀想。でもこれで好きにできるよって声がした。声がしたのか、わたしが思ったことなのかもうわからない。バチンバチンと何かが弾けてちぎれる音がする。その音がするたびに、おじさんたちがざわついてまわりを見回しているのが見えた。

この村のやつらは野蛮で無慈悲でクソ野郎ばっかりだから、たぶんカイトも殺されちゃうかもしれない。だって小さな赤ちゃんたちを、使われずに寝ていただけのおごさまたちを潰して燃やしたのもこいつらだから。いくら時を重ねても裏切り者の末裔《まつえい》は裏切り者なのだとおごさまが考えているっぽいことが流れ込んでくる。おじさんたちの言葉がどんどん遠くなって、体の内側で響いていたおごさまの声がどんどん大きくなっていく。

私には力があるよ。

大丈夫、痛くないから。あの時も、とっても幸せだったでしょう？

はい。幸せでした。おごさまに左腕を捧げたとき、とても温かくて幸せでした。

次からはよく考えてねって言われてた。その言葉の意味を考えながら、わたしはどの部位をおごさまに捧げるかを悩む。右腕も無くなったら困るし、足を捧げるのも歩けなくなったら今は困る。耳は……聞こえなくなったら少し困るけど……ああ、目。目なら、いいです。片目だけ。

自分の体が大きくしなって背中がベッドにぶつかった。おじさんがわたしの頬を殴ったみたい。鈍い音がした。髪の毛がぶちぶちと抜ける音が聞こえてくる。痛くはない。でも、もう耐えられない。こっちがせっかく我慢してあげているのにこいつらはわたしの話を聞こうともしない。わたしからおごさまを奪うのか。わたしはわたしたちはお前らのために犠牲になっているというのに。わたしの声なのかおごさまの声なのかもう分からない。

「おごさま！　片目をあげます！　お願いします！　こいつらを殺……」

「願いを言わせるな」

「拝み屋先生からもらったお札はもうねえんか」

おじさんたちが慌てている。わたしを殴ったおじさんが慌ててわたしの口を塞ごうと手を伸ばした。でも、もう遅い。別に口に出さなくたって、おごさまにわたしのお願いは届くんだから。

待っててねカイト。助けを呼びに行ってくれてありがとう。わたしが助けてあげるからね。

おじさんに取られないように、お腹に抱え込むようにして持っていたおごさまの箱が熱くなるのがわかる。

「おごさまが出ちまった」

箱を手放すと、わたしの口を塞いだデブのおじさんの腕がぼとりと重そうな音を立てて床に落ちた。濃い甘い匂いが噴きだした血と一緒に広がってくる。

「そうだよ」

腰を抜かした一人のおじさんに対して、わたしは答えてあげる。

空中に浮かび上がった箱の蓋が大きく開く。赤く明滅を繰り返す繭から数束の赤い糸が伸びてきて、わたしの視界の半分が真っ赤に染まった。

温かくて、幸せで、残された目から勝手に涙が溢れてくる。ありがとうございます。わたしの左目を受け取ってくれて。ありがとうございます。

幸せだった。すぐにわたしの口内に甘い味が広がっていく。生クリームみたいな甘さっていうよりは、熟して甘くなった果実みたいな……そう、昔食べた桑の実みたいな味。

おじさんが後ろに飛び退いて叫んでいる。口の中に入った何かおいしいものが、そのおじさんの指なんだと少し遅れて理解した。

汚いおじさんの肉なんてキモくて吐き出したくなりそうなのに、おいしくて、甘くて、口の中に広がる濃厚な甘さにあらがえなくなる。

「助けてくれ」

「バケモンだ」

「拝み屋のお札があれば安全だっていってたべよ」

おじさんたちが逃げていこうとするけれど、そんなの許さない。そう頭に思い浮かべると、おごさまから出た赤い糸が扉にも窓にも絡みついて部屋を封鎖した。

半分赤い視界のまま、わたしは扉のそばで必死にドアノブを回しているおじさんたちに腕を伸ばした。

「あはははははは」

勝手に笑い声が出る。なんだろう。楽しい。それに、温かい。

床に転がって豚みたいに鳴いているのは、わたしに乱暴をした一番ムカつくおじさんだ。大人のくせに鼻水も出して糞尿をまきちらしてみっともない。

「さっきからデカい声で怒鳴りやがって。うるさかったんだよ」

手を伸ばして、それから首をねじってあげると簡単に頭が取れた。それを思いきり壁にぶつけると鈍い音が聞こえて、壁に赤い花が咲く。

カイトに会いたいな。どこだろう。

力が湧いてくる。諦《あきら》めが悪いのか、頭が悪いのか、扉の前でもたついているおじさんたちの体を撫でていく。撫でるだけで肉が削《そ》げ、骨が折れる。ああ、楽しい。わたしから色々なものを奪った人たちの命を奪ってやる。それから、部屋の陰に隠れていた黒い蛇たちも見つけることが出来た。気持ち悪い。こいつらがずっとわたしを見ていたのか。糸を伸ばして蛇たちの頭も切り取っていく。

「ひ、人殺し！」

罵られても、関係ない。圧倒的な上位者に対して、そう思ってしまうのは仕方の無いことだから。ね、おごさま……ううん、かやちゃん。

かやちゃんがわたしの中に入ってきたのを感じる。温かくて優しい気持ち。ずっと一緒だったのに気付かなくてごめんね。謝ったけどかやちゃんは可愛くて優しい声で「いいんだよ」って頭の中で答えてくれたのが伝わってくる。

「ゆるしてくれ……さやちゃん、おじさん昔おめえにお菓子あげがっぇ……ぷ」

「わたしには安いお菓子しかくれなかった。でも心桜《こころ》ちゃんには良い匂いの消しゴムとかもあげてたよな」

ムカつく。たかが数百円のものをくれたくらいで、わたしのおごさまを取ろうとしたことが許されると思わないで欲しい。

「たすけてくれ、たすけてくれ……たの……がっ」

腰を抜かしているおじさんも、土下座をしてあやまるおじさんもこっちに殴りかかってきたおじさんも、右手を軽く振るだけで真っ赤なお花になってしまった。

「せっかくだし、全部食べちゃおう」

まずはデブのおじさん。片手で持ち上げるのは難しいかなと思ったけど、頭に思い浮かべるだけで左目から出た糸が、たぶん百キロくらいはありそうなおじさんの体を軽々と持ち上げてくれる。肉を噛むと果汁みたいに濃厚な汁が口の中に広がって、幸せな気持ちで体が満たされていく。ぐちゅぐちゅと食べ進めていくと、黒い蛇が急におじさんの腸から飛び出してきた。ムカつく。寄生虫みたい。右手でつかんで頭を潰すと、パラパラと乾いた枝みたいな形になって崩れていった。食べられもしないなんて本当に嫌なやつ。

何人いたんだろう。ひたすら食べて、食べて、時々出てくる蛇の頭を潰して……それから、気が付いた。

汚くて嫌だけど、不便なままなのは困る。だから、誰かの左腕を貰ってしまおう。

一番マシそうな細いおじさんの腕をちぎって自分の左腕にあてがってみた。

「これ、わたしの腕にしてもいい？」

応答する前に左目から糸が伸びてきて、わたしの体と繋がる。不思議な気持ち。これが動くってもうわかる。

試しにくっ付けた腕を動かす。長さが予想以上だったから部屋の壁に手の甲が当たっちゃったけど痛くはない。壁にヒビが入ったけど、痛くないなんて最高。

手を握ったり開いたりして、ちゃんと不便が無さそうなことを確認してから、わたしはお礼をいう。わたしはあいつらとちがう。ちゃんとおごさまにお礼を言えるんだ。

「ありがとう」

「だって、私が取っちゃったみたいなものだから……」

夢の中じゃないのに、かやちゃんの声がはっきりと聞こえた。

「気にしないでいいのに。そうしないと、かやちゃんはわたしと話せなかったんでしょ？」

「うん……そうだけど、でも、さやちゃんは大切な双子の妹だもん。体の一部を奪いたくなかったよ」

「そう作った人たちが悪いんだよ。かやちゃんは悪くない」

元々わたしと私はひとつだったことはわかった。そして、私が……わたしたちがどう作られてきたのかも、きっともうすぐ教えて貰えるはず。

「かやちゃん、一緒に行こう」

わたしたちから好き勝手搾取をして、殺そうとしたあいつらに復讐をしよう。それから、カイトと一緒にわたしは、わたしたちは幸せになるんだ。

わたしはもうなにも捧げない。捧げるんじゃなくてかやちゃんと全部半分こにするって思ったら平気だもん。だってわたしたちは元々一つなんだから。

何人いたかわすれちゃった。部屋に来たおじさんたちのことは全員食べちゃった。なんだか力が湧いてくる気がする。もう、わたしにまとわりつくような視線は感じない。

「カイトくんを探すの？」

かやちゃんが、恋バナをするみたいなノリでわたしにそんなことを聞いてきた。

「ううん、どうしよっかな」

清々《すが》しい気持ちになりながら、小さなバルコニーに続く窓を開いた。

夕暮れ前の青とオレンジが混ざった空はすごくキレイ。

駐車場を見下ろすとカイトの車がまだ停めてあった。きっと、走って警察に行ってくれたか、どこかに隠れているんだと思う。カイトが殺されたりするなら、わたしの部屋におじさんたちが来た時にどうにかされているはずだから……きっと大丈夫。

窓から入って来る風がわたしの髪の毛を揺らす。思いっきり息を吸うと、部屋に漂っている甘くていい匂いと、外から来た風に乗ってきた葉っぱや花の匂いが混ざり合って体を満たしていく。

四　供養

「まずは家に帰ろっか。あの子達、可哀想だから」

「さやちゃん、優しいね。おごさまも、さやちゃんのそういうところが好きなのかもね」

かやちゃんが嬉《うれ》しそうな声で答えてくれた。片目しか見えないけど、見えない方の目にはかやちゃんが……かわいいわたしの姉さんがいるって思うと無性にうれしくなる。

わたしは窓の縁を勢い良く蹴《け》る。かやちゃんが楽しそうに声をあげて笑った。

「さやちゃんががんばってくれたからね、こんなことも出来るようになったの」

背中の皮膚が真ん中からベリッと剝《は》がれる感覚がした。全然痛くない。代わりに、ぬるりと背中の内側に入っていた何かが外に飛び出る感覚がして、わたしの体は落下する速度を落とす。自然とどうすればいいのかがわかる。少しだけ背中に力を入れると、肩甲骨あたりから生えた翅《はね》が風を叩《たた》くように動き、どんどん高いところまで飛んで行ける。視界の隅には真っ赤な蚕の翅に似たものが見えた。白かったら天使みたいでかわいかったのにな。カイトはこんなわたしの姿を見て喜んでくれるかな？　さっきホテルであったことは、たまたま機嫌が悪かっただけだろうから、乱暴したことは許してあげようっと。

「じゃ、家に帰ろ」

翅を動かして移動すると、自分が風になったみたいに思える。それに、桑畑がところどころ広がるつまらない田舎の風景も、こうやって空から眺めると少しだけキレイだなって思う。

燃やされて殺されたあの子たちを、早く土に埋めてあげよう。それから、繭たちにあんな酷《ひど》いことをした恩知らずなあいつらに復讐《ふくしゅう》をしよう。

かやちゃんと一緒なら、わたしはもう何も怖くないよ。

「私たちがどういうものなのか、教えてあげる」

空を飛ぶと、髪の毛が風に靡《なび》いて気持ちがいい。

楽しく笑っていると、かやちゃんがそういって話し始めた。

「増山家には、必ず双子が生まれる。斑紋《はんもん》が背中にある形児《かたご》と、なにもない普通の赤ちゃんの姫児《ひめご》」

静かで優しい声だった。おばあちゃんが寝る前に昔話を言い聞かせるみたいな調子だ。

「それが、わたしとかやちゃん？」

「お父さんも、おばあちゃんもそうだったんだよ」

　かやちゃんは、何も知らないわたしになんでも親切に教えてくれた。

「形児《かたご》と姫児《ひめご》のうち、形児《かたご》は捌《さば》かれ、モツに血と肉と歯を詰め、蛹《さなぎ》に見立てて形を整えて御児《おご》にする。その御児《おご》を繭に詰めて呪物《じゅぶつ》を完成させるの。そして、姫児《ひめご》に繭を持たせ、世話をさせることで少しずつおごさまの怒りと悲しみを慰めるの。それが、本来のおごさまと増山家の役目だった」

　かやちゃんの声が少しだけ低くなる。何かに対して、静かに怒っているみたいな声。

　ハヤトさんに似ていて、ちょっとだけ苦手かもしれない。でもかやちゃんはわたしを殴ったりしないから、あまり怖くはないけど。お父さんが自分のおごさまに謝っていたのは、そういうことだったんだなって思うけど、同時にばかみたいって思う。謝るくらいなら、ちゃんと大切にしてあげればよかったのに。

「村のために勝手に殺され、捧《ささ》げられて、両親以外には知られることなく死んでいく。そんなモノが私たちだった。おごさまがこの地を呪ったのだって、元々は欲深い村人達が悪いんだよ」

「かやちゃんは……おごさまではないの？」

　難しい話で、ばかなわたしはよくわからない。お母さんが「かやなら頭もよかったし、あんたみたいに出来損ないじゃなかった」ってよく怒鳴っていた。昔は生まれてないんだからわからないじゃんって思った時もあった。でも今は、それだけは本当なんだろうなって、こうしてかやちゃんと話していると思う。

「私はおごさまでもあるけど、その一部でしかないの」

「……？　どういうこと？」

かやちゃんの姿は見えないけど、かやちゃんが入っている左目が少しだけ震えた気がした。

視界の半分はずっと赤いままだけど、全然怖くない。

それにしても、さっきから空を飛んでいても、わたしたちを気にする人なんていないみたいなのはなんでだろう。

そもそも田舎では人は滅多に歩いていないから、こうして空を飛んでいるわたしたちに気が付いてないだけなのかもしれない。

わたしたちは、実家に向かってなにもない空を飛びながら色々なことを話す。

「繭《私》に、おごさまを少しだけ入れて、慰めるの。さやちゃんは、おばあちゃんから繭《私》を大切にするように言われたでしょ？」

「うん。おごさまは、わたしが困ったときに助けてくれるし、守ってくれるからって」

「繭《私》にそんな力は無いの。繭《私》は、少しずつ、少しずつ、おごさまがこの世界に残した恨みを、悲しみを、怒りを……慰めるための道具だから」

かやちゃんの声は、とっても悲しそうだった。でも、わたしはそれよりも、おばあちゃんが嘘を吐いていたかもしれないってことに気が付いて、頭がカッとする。

「みんな……嘘を吐いてたってこと？　おばあちゃんも！」

「おばあちゃんも知らなかったんだよ。だから、腕を捧げて……こんなくだらない村のために願いを使っちゃった。さやちゃんも見たでしょ？」

金切り声をあげたわたしを窘《たしな》めるように、かやちゃんは静かな声のまま、おばあちゃんのことを話してくれる。

「あの……洪水の……」

「そう。洪水の後始末をして、たくさん減った蚕たちを増やして豊作を呼んだの。昔のおごさまみたいにね」

あの時、夢で見たことは本当だったんだって驚く。おばあちゃんの願いでたくさんの芋虫が生まれて、それで、瓦礫《がれき》をなくして土に変えていた光景を思い出す。

「かやちゃんは、なんでそんなに色々知ってるの？」

「私は、今までの繭《私》たちと繋《つな》がっているから。さやちゃんも、もうすぐわかるようになるよ」

ずきんと左目の奥が一瞬痛くなった。でもそれはすぐに温かくて甘い感覚に置き換わる。

じわじわと優しい気持ちがわたしの体の内側を満たしていくのと同時に、村を見下ろした時に激しい怒りも湧いてきた。かやちゃんの、ううん、かやちゃんだけじゃなくて、昨日燃やされてしまった役目を果たせずに放置されていた過去の繭たちの気持ちが流れ込んでくるみたいだった。わたしと同じだって思った。たくさん尽して、たくさんあげたのに裏切られて恩を仇《あだ》で返されるなんて。それで、おごさまを可哀想だと思った。

どうっと湿った風が吹いてきて、足下に広がっている桑の木々がさやさやとわたしたちを迎えるみたいに音を立てる。

もうすぐわたしたちの家だ。村のやつらが邪魔するのかと思ったけど、家には誰もいない。

「可哀想な繭《私》たち」

わたしたちはしゃがみこんで燃やされた繭たちを撫《な》でる。悲しそうな声を出したのが、自分なのか、かやちゃんなのかはわからなかった。

「おごさまが鎮められているところをこんなに汚すなんて……本当に酷《ひど》い」

かやちゃんがとても怒っている。本当のおごさまは、まだ地面の底で眠っていて夢を見ているらしい。時々、わたしと繋がって怒ったりするみたいだけれど。でも、おごさまの本体がわたしの家の庭にいたなんて信じられない……。

Vの字に突き立てられている大きな木の杭《くい》をわたしたちは引き抜いて放り投げる。杭が刺さっていて抉《えぐ》れた土からは、じわじわと熟した桑の実《どどめ》色の液体が染み出してくる。

これが、きっとおごさまの血なんだってなんとなく思う。おごさまは痛がっているのかな？　それとも、まだぐっすり眠っているんだろうか。

もう一度しゃがみこんで、黒焦げになった繭たちを両手で掬《すく》った。

役目を果たせずに粗末にされて、恨みを閉じ込めたままの可哀想なご先祖様たち。天にお還《かえ》しすることもされず、片割れである姫児《ひめご》と一緒に火葬すらしてもらえなかった子たち。

「せめて……おごさまの下に還してあげるからね」

湧き出てきた熟した桑《どどめ》の実色の液体に、繭たちを落としていく。さようなら、おやすみなさいって思いながら。

繭たちはおごさまの血だまりの中へ落ちていくとじゅわじゅわと炭酸水みたいな音を立てて溶けていく。

何も聞こえないはずなのに、繭たちが泣いているような気がした。それと同時に、誰かが楽しそうに笑っている声も聞こえてくる。それは、役目から解放されたからなのかな。なんだかそれが悲しくて、こんな風に繭を放置したご先祖様たちも、お父さんも、繭をばかにしていたお母さんも憎くなってくる。

それに、繭を燃やして、おごさまの眠っている場所に杭を打つような真似をした村の人たちにも激しい怒りを感じていた。

「羽化しちまったか」

背後から声が聞こえた。聞き慣れない声。ここら辺の訛《なま》りのないキレイな標準語だった。

わたしたちは立ち上がって振り向く。

「……だれ？」

真っ白な絹織りの着物姿で立っているのは、男だか女だかわからない妙な人間だった。

手に扇子を持って気取った姿勢で立っているそいつは、イライラするような気に入らない匂いをまとっている。

「松の木で燃やしてやったから、そいつらは成仏したはずだ」

「ふざけないでよ！　繭たちはみんな悲しんでいた！　お役目も果たせなかった尊い贄《にえ》たちを辱めるまねをしやがって」

声を荒らげると、妙な人間は首を傾げて誰もいない空間へ視線を向けた。

「先生……！　こんな化物と話している場合じゃ」

「成仏出来ない蚕の妖怪《あやかし》を、天にお還しするんだろう？　形だけとはいえ対話は必要だ」

村人たちの声が聞こえるけれど、姿は見えない。

かやちゃんが舌打ちをして、うさんくさい人間を思いきり睨《にら》み付けている。

「……拝み屋か。よりによって蛇の家系に頼むとは」

わたしが聞いたことの無いくらい低い、かやちゃんの声だった。

よくわからないけれど、こいつはわたしたちの邪魔をする。つまり、殺さないといけないゴミだっていうことはわかる。

　早く村のやつらに復讐をして、カイトを迎えに行かなきゃいけないのに。今頃、わたしがいなくなって心配してるだろうな。すぐに終わらせて迎えに行くからね。

「なあ、ええと……増山の娘。今ならまだ死なずに済む。その血の色に染まった繭をこちらによこせ」

　拝み屋は、扇子を持ってない方の手を差し出して、わたしにとんでもないことを頼んできた。血の色に染まった繭っていうのは、わたしの左目にハマっているかやちゃんのこと。かやちゃんをそんなものみたいに扱うやつに従ってたまるもんか。

「嫌だ！　かやちゃんと離ればなれになんてもうならない！」

「そう怒るな。俺が、かやちゃんとやらを成仏させてやろう。そうすれば恨みも忘れてそいつは神の下へ還れるし、お前の腹に煮えたぎっている恨みも怒りも消えるだろう」

「知ったような口をきくな」

　本当にムカつく。あの繭たちを神の下へ還したのはわたしとかやちゃんだ。こいつはいたずらに繭たちを苦しめただけのくせに。

「増山の娘、お前の両親が死に、一族の残りはお前だけだ。蚕の妖怪に食い物にされている憐《あわ》れな一族を救いたいと、この地の者は大枚をはたいて俺に依頼をして来たんだぞ」

「あの人たちが、死んだ？」

驚いて、思わず拝み屋の言葉に耳を貸してしまう。

「なんだ、知らなかったのか。あんたの祖母が死んだあと、後を追うようにして死んだらしい。ほら、そこ」

拝み屋が畳んだ扇子で指したのは蚕を飼っていた納屋の軒先だった。

「そこで二人揃って首を括《くく》って死んだんだとよ。あんたが出ていったことを悔やんでいたんじゃねえか」

「そんなわけない！　あの人たちは、あの人たちはわたしなんてどうでもよかったんだ」

かやちゃんも否定はしない。だってわたしのことがどうでもよくないなら、ケガをして帰った日にめんどうなことをさせるなって殴らない。風邪を引いて辛いときに「仮病を使って気を引こうとするな」なんて怒らない。

腕を大きく振り回す。家の外壁や地面に拳《こぶし》は当たるけど、拝み屋は腕の間を涼しい顔でするりと避けていく。

「おい、聞いていた話と違うぞ」

「その女は嘘吐きなんです！　バケモンに取り憑《つ》かれてさらにおかしくなっちまった」

「おごさまをバケモンっていうな！　お前らは散々世話になったくせに！　知ってるんだぞ！　おばあちゃんに願い事をさせて村を助けてもらったことを」

見えないところから声が聞こえる。姿を隠して好き放題言いやがって。声の聞こえる方向もわからないから、かやちゃんに頼んで糸の束を出してもらう。でも、それも拝み屋が畳んだ扇子で断ち切っていく。ムカつく。

「なあ、怒っているところ悪いが、その血の色に染まった繭をこっちに預ける気にはならねえか」

「そんな気になるわけないでしょ！」

「……交渉決裂、か。まあ、そりゃあそうだ」

そんなに離れていないはずなのに、拝み屋の顔はずっとぼやけて見える。だけど、それでも、そいつの口元がニヤリといやらしく歪《ゆが》んだことがわかった。

かやちゃんが、大きく左手を動かす。束になった糸を巻き付けた左腕は普段よりも長くなって、大きくしなって拝み屋の方へ振り下ろされる。

「あははは！　お前なんてぐちゃぐちゃの挽肉《ひきにく》にしてやるよ」

でも、拝み屋は手に持っていた扇子を広げて前に翳《かざ》しただけで、わたしたちの拳を止めた。

「羽化したてのうちなら、まだ分があるってもんだ。殺せなくとも力を削《そ》ぐことは出来るだろう」

焦った様子のない声がして、目の前からそいつの影が消えた。

「……！　冷た！　それに臭い」

背後から何か冷たいものが掛かる。焚かれた黒い煙がどこからか流れてきてすごく臭い。生木を焼いたような苦みのある臭いがする。それと同時に、見えないなにかが白い和紙で小さな粒を包んだ何かをこちらに投げてきた。

わたしの胸元や頭にそれが当たるけれど、全然痛くない。手に取って紙を破いてみると、中からは生米がぽろぽろと落ちてきた。

殴られたり、刃物で切られたりみたいなことをされると思ったけど、ちがうみたいでわたしは足を止める。

「なにこれ？　ふざけてるの？」

ふわりと漂ってきた煙を手でぱたぱたと煽《あお》ぎながら、拝み屋を睨み付ける。相変わらず顔はぼやけてよく見えないから、どんな表情をしているのかわからない。

なんでこんなことをするのかわからないけど、変な水を掛けられたり、物がみえないところから飛んで来たりするのもムカつく。

文句を言ってやろうと腕を伸ばしたけど、そいつはまたわたしの視界から消えた。ホテルで見た黒い蛇みたいですごくムカつく。わたしを翻弄《ほんろう》していいのはカイトだけなのに。

「神酒、塩、穀物、松で焚《た》いた煙……」

「なに？　買い物でもしたいの？」

「あんたにかけたものだ」

何重にも重なっていて、男か女かわかりにくかった声が、急に鮮明な輪郭を得た。

声変わりをしたばかりみたいな若々しい声が発された方向を見ると、そこにはそこそこキレイな顔の男が立っていた。

生意気そうなつり目は、一重なのに、腫《は》れぼったくないから、ブサイクに見えなくて涼しげな印象がある。それに細くて白い喉《のど》にしっかりとある喉仏……あいつ、男だったんだって納得をした。厨二《ちゅうに》病の俺女かなってちょっと疑っていたから。

「それらを浴びれば、お前は悶《もだ》え苦しむと思ったが……効果が全部、ない」

白い着物に細い体……蛇みたい。そう思っていると、拝み屋の男は右手で持っていた扇子を振り下ろし、左手でポンと受け止める。芝居がかった言い回しだなって思って、わたしは頭の中でかやちゃんに話しかけた。

「……なんなのあいつ」

「私にもわからない。ただ……蛇は豊穣《ほうじょう》の神の遣いだから相性は悪くないよ」

かやちゃんが左目の奥でうごめいている。わたしだけが戸惑っているんじゃなくてホッとしながら、着物の男が歩き回っているのを目で追う。そういえば、カイトが話していた気がする。図書館で会った男のことを……。もしかして、こいつのことかな？　なんとなくそんなことを思い出しながら、跳びはねるような変な歩き方をしているそいつを見ていると、拝み屋は庭の入口へ視線を向けて目をスッと細めた。

「村の衆からはな、あんたが蚕の妖怪《あやかし》だと聞いていた」

「拝み屋！　バケモンと話すのを止めろ」

「黙ってろ。俺は今、増山の娘と話している」

ぴしゃりとそう言ってのけた拝み屋は、相変わらず変な動きをしながらわたしを見つめている。あいつらに騙《だま》されていたんだとしたら、話を聞いてあげてもいいかもしれない。

カイトほどではないけど、見た目は悪くない。顔の形も肌のツヤツヤ感も、ゆでたての卵みたい。キレ長の目元はよく見ると赤いメイクが施されている。まあ、カイトだって仕事中はファンデーションとコンシーラーくらいは塗っているから、珍しくもないけれど。

「俺はこう聞いていた。あんたに取り憑いているのは昔、増山家が手込めにした下女の怨《おん》念《ねん》だってな。たかが下女に対してずいぶんと手厚く葬る地域もあったもんだと感心したんだが」

「おいあんた！　高い金払って雇ったんだぞ」

「簡単に化物を退治できるって言ったじゃねえか」

また見えない場所から声が聞こえてくる。村のやつらが近くにいるのはわかるのに、どこにいるかわからないし、またこの拝み屋に止められそうでかやちゃんも糸が伸ばせないでいる。やりたいことが出来なくてどんどんイライラしてくる。

拝み屋の真ん中で分けられている前髪がさらさらと揺れて、着物の帯にぶら下げられている飾りがしゃらしゃらと音を立てているのを聞いていると、イライラがどんどん増してくる気がした。

「なあ、お前はなんだ」

は？　教えるわけないでしょって答えようとしたわたしよりも先に、かやちゃんが口を開いた。

「我らが神は、四度の試練を乗り越え、非業の死を遂げた」

かやちゃんの言うことは難しくて全然分からない。でも、拝み屋はなにかわかったみたいで、さっきまでの余裕そうな表情が消えて、一瞬だけ目を大きく見開いた。

「……てめえら、俺に致命的な嘘を吐いていたな。妖怪《あやかし》じゃあなくて、神となんて戦えるかよ」

目をつり上げて怒ったように拝み屋がそう言うと同時に、ダンっと大きな音がして地面が揺れる。バリバリと静電気を大きくしたみたいな音がして、カーテンが落ちるみたいに庭の入口の景色が地面に滑っていく。

「怨霊や畜生の妖怪《あやかし》ならなんとかなるが、こいつは話が違うだろうが。てめえらで話を付けろ」

拝み屋が睨み付けている先には、村の人であろう男の人たちがたくさんいた。知っている人もいる。あの人は大輔くんのおじいさん……それにあの人は心桜《こころ》ちゃんのお父さん。

ああ、あそこのじゃがいもみたいにでこぼこした顔の目が小さいブサイクはわたしをよくいじめていた石塚《いしづか》だ。

「わたしを殺せってこいつに頼んだんだな！　いじめっ子のくせに！　ブサイクのくせにわたしを叩きやがって！」

石塚に向かって歩き出す。まだ殺さない。言い訳だけはさせてあげよう。

「あの時はてめーが泡姫《まりん》ちゃんの色鉛筆を全部折っていたからやめろって間に入っただけだろ」

「色鉛筆セットは十六色までなのに二十四色を持ってきて自慢してたのが悪いでしょ」

少し泡姫《まりん》が美人だからって未だに味方をするなんておかしい。ルール違反はいけないことだったってわたしに謝っても良いはずなのに。

「おめえが昔やった細けえことは関係ねえ！　おごさまをお還ししねえならぶっちゃすしかねえべよ」

言い返そうとしたけれど、かやちゃんがわたしの代わりに怒ってくれている。左腕が勝手に石塚の喉を目がけて動いた。青ざめて豚みたいに「ふご」って鳴きながら、石塚の頭が宙を舞った。

石塚の頭は拝み屋の足下へごろごろと転がっていく。土まみれだし本当にじゃがいもみたい。血と一緒に、桑の実に似た甘い匂いが広がってお腹が空いてくる。

「それ、返して」

拝み屋は、石塚の頭をまるでサッカーボールを止める時みたいに踏んでこちらを見てきた。

「こんなもんを食うのかい？」

かやちゃんの攻撃をよけたくらいで強いつもりになっているのがムカついてくる。わたしのかやちゃんは、きっとあんたなんかより強いのに。

ざわざわと頭の中で旋風が起きたみたいに変な感覚がする。かやちゃんの声が「みんな殺しちゃおうか。さやちゃんがお願いすれば出来るはずだよ」って大きく響いた。

「早く渡せよ」

拝み屋は顔の割に大きな口を開いてにたりと笑った。舌の先が二股《ふたまた》にわれていて、本当に蛇みたい。こういう人が田舎にいるなんて珍しい。

「短気は損気っていうだろ？　腹が減ると苛《いら》つくタイプかい？」

ペラペラと適当なことを言いやがって。まるで詐欺師みたい。本当に拝み屋なのかなって疑いたくなる。一応、わたしたちの攻撃を防いでいるんだから、一から十まで詐欺ってわけじゃないんだろうけど。

「ねえ、いい加減にしろよ」

ちょっと顔がいいくらいで調子に乗りやがって。それに、わたしを捜しているカイトがこんな場面を見たら、浮気をしているって勘違いするかもしれない。石塚はムカつくからちゃんと食べてあげたかったけど仕方ない。こいつを殺す前に別の適当なやつから食べちゃおうかな。

「ほらよ！　受け取れ」

苛つきが最高潮まで達したその時、拝み屋が爪先で石塚の頭を蹴り上げた。もう暮れ始めた紫色の空に、真っ黒な人の頭が放られる。美味《おい》しそう。石塚の頭を受け止めるために両手を伸ばす。

村の男たちのどよめきが聞こえて、視線がわたしの足下へ向けられているのがわかる。しまった……と思って足下を見たときにはもう、影よりもさらに暗い影がわたしの方に不自然に伸びていたところだった。

危ない。そう思ってジャンプをしたけど、鈍い痛みが左脚を襲う。

血は出てないみたい。暗くてよく見えない。ざらざらと米俵からお米が零《こぼ》れるみたいな音が左側から聞こえてくる。

「あああああ！　最低！　痛い！　クソ！　カイトよりブサイクのくせに」

痛くて熱くてわけがわからないまま、わたしは自分の足に噛《か》みついてきた何かをつかんだ。そのままそれを引きずり出して地面に叩き付ける。

わたしの腕くらいの太さがある黒い縄みたいなものは、目も鱗《うろこ》も口の中も真っ黒な蛇だった。きもちわるい。

「まいったな。とっておきの式神だったんだが」

「お前！　殺してやる！　ゆっくり痛めつけてから殺してやるんだから」

わたしが怒るとかやちゃんも怒ってくれる。目から糸をめちゃくちゃに出すけれどあいつはするすると避けていく。あいつは焦っているけど、でも、このままじゃ殺せない。もっと力が無いと。

「クソ。虫の妖怪《あやかし》相手なら相性がいいからと安請け合いするんじゃなかった」

もう少しで殺せそうなのに、なかなか殺せない。ちょろちょろしやがって。

「さやちゃん、どうする？　ここなら全部を捧げればおごさまに声が届くよ」

かやちゃんが囁《ささや》いてくる。そうだ。おごさまに頼めば、わたしはもっと強い力が手に入るのかな。

「おごさま……お願いします」

「クソ……口を塞《ふさ》がないと」

拝み屋の男が慌てたような声を出した。影からいくつもの蛇が飛び出してくるけれど、不意打ちじゃないならもう嚙みつかれたりしない。

ムカつくムカつくムカつく。わたしに触っていいのはカイトだけなのに。わたしを殴っていいのはカイトだけなのに。わたしを傷付けていいのはカイトだけなのに。わたしから奪っていいのはカイトだけなのに。カイトはきっとわたしを捜してくれているから早く会いにいって安心させてあげなきゃいけないのに。

「さっさと先祖供養を終わらせるから、カイトに会わせてください」

そう怒鳴ると同時に、おごさまと初めて会ったときみたいに温かい感覚が、左目からどんどん広がっていく。

イライラしていた気持ちがどんどん消えていって、わたしの中のわたしがかやちゃんの糸の中に包まれて小さくなっていく感じがした。

お腹の中も温かい。そして、甘い。妙に熱っぽくて気持ちいい全身を覆い尽くす甘い感覚は、下腹部を避けるようにして下肢へ広がっていく。

視界の左側はもう真っ赤じゃない。わたしと同じ年くらいのかやちゃんがいる。夢の中で見た女の子と同じ見た目だったからすぐにわかった。くっきりとした二重、スッと通った鼻筋に主張の少ない小鼻。桜の花みたいな厚みはあるけど下品にならない血色の良い唇……。真っ白ではなくて、少し健康的に日に焼けた肌とすらりと伸びた手足。アレは、かやちゃんだったんだね。

かやちゃんは、わたしに向かって微笑んで、それから「ありがとう」と言ってくれた。なんでお礼を言うんだろう。よくわからないけどわたしもかやちゃんにお礼を返してにっこりと笑い返した。

「嘘だろ」

なんだか下の方から声が聞こえてきて、目を向けると、拝み屋の男が小さくなっていた。いや、わたしが大きくなったのかな？

余裕ぶっていた男が怯《おび》えた表情を浮かべながらわたしを見上げていて、気分がとっても良い。さあ、どうやってこいつを殺してやろうか。湧き上がる笑い声を我慢出来ないまま、わたしは一歩前へ踏み出した。

五　おごさま

「ただの低級な神だと思っていたが……こいつは大物じゃねぇか」

かやちゃんが腕を前へ差し出した。分厚い雲に覆われていた月が顔を出してきて、辺りを明るく照らしている。そんな中で見えた自分の肌は仄《ほの》かに金色に光っている。

「稚児《ややこ》たち、村の衆を食べてしまいなさい」

地面に落とされた紺色の影がぞわぞわと蠢《うごめ》いて、逃げようとしているムカつくやつらに向かっていく。

「黒い毛虫だ」

おばあちゃんが瓦礫《がれき》を片付けたときと同じ毛虫だった。影から湧き出た毛虫たちは、あの時とはちがって人間を避けたりしない。

「いやだ！　痛い！　悪かった！」

「ああたすけてたすけてたすげ」

　足下から無数の毛虫に群がられて、身体を捩《よじ》っているけれど、身体には次々と毛虫が群がっていく。生きながら肉を削《そ》がれ、毒針で刺され、悶《もだ》えて苦しむといい。妾《わらわ》が味わった苦しみや、惨めさはもっと酷《ひど》かった。体を切れば穀物が出る。苦しみ泣けば雨が降る。そうやって村の衆はわたしを何度も辱めた。おごさまの気持ちが勝手に入り込んでくる。そうだ村人たちはわたしにしたことみたいにおごさまからも奪うだけ奪ったんだね。だから、増山家は、奪われる血筋って言われていたんだ。

「さやちゃ……ゆるじでゆる」

　悲鳴が心地いい。あれだけわたしを罵倒《ばとう》していた大輔くんのおじいさんも、心桜《こころ》ちゃんのお父さんも、偉そうにお祭りを仕切っていたおじいさんも、小さい頃に通ってた意地悪なそろばん塾のおじさんも情けなく涙と鼻水で顔をぐちゃぐちゃに濡《ぬ》らしている。それに、いい年をして失禁しながらあいつらはわたしに命乞《ご》いの言葉を口にする。

　助けてやるもんか。わたしを見下してばかにしていじめてきたやつらのことなんて。

「あはははは」

　かやちゃんが楽しそうに笑う。

　くるくると両腕を広げて回ると、なびいた長い髪の毛が視界に入る。わたしの髪は、月の光に照らされているからか銀色に薄《うっす》らと輝く生糸みたいにみえた。

「……金色の肌、鬼灯《ほおずき》の眼、生糸の頭髪と月色をした蚕の翅《はね》。お前は……いや貴女様《あなた》は」

拝み屋の男が名前を呼ぼうとしたのを、かやちゃんは止めた。

「それ以上何か話せば、お前の口を縫い付けてやるぞ」

かやちゃん、そいつを殺してよ！　そう思って怒るけど、かやちゃんは拝み屋の男を見つめて目を細めるだけだ。

「……豊穣《ほうじょう》の女神の眷属《けんぞく》……蛇の力を持つ一族よ。せっかくのめでたい日に我が眷属を殺すというのも気分が悪い。そなたが今、退くというのなら追いはしない」

拝み屋の男はわたしを少しの間見つめていた。迷ったように視線を泳がせて、腕組みをしていた。

「元々頼まれただけの仕事で、ここに因果や思い入れはない。こちらは退かせていただきましょう」

拝み屋はわたしに対して深々と頭を下げ、地面に溶けるように消えた。

殺してよ！　って思うけど体は動こうとしない。

かやちゃんはカイトの顔をよく見てないから、こんなやつ程度の顔でも絆《ほだ》されちゃうのかもしれない。ダメだよ。こいつはわたしたちの足を傷付けたんだから殺そう！

――さやちゃん、この体はもう私たちのものじゃないの。

なに言っているの？　そう思いながら隣を見たらかやちゃんがにっこり笑っていた。

──さやちゃんは、全部捧げたんだよ。

ちがう。そうだけど、そうじゃない。お願いはしたけど、こんなはずじゃなかった。だって、こんなのわたしじゃないよ。かやちゃんもわたしのことを騙《だま》したの？

──先祖供養を終わらせて、カイトって人に会いに行くのがあなたの願い。おごさまは全部叶《かな》えてくれるよ。

おごさまは、かやちゃんでしょ？　だってそう言ってたじゃん。どういうことなの？

わたしがばかだから難しいことを言って誤魔化しているんでしょ？

──だって私は御《お》児《ご》。おごさまの恨みを引き受けてこの世界で大切にされて恨みを癒《い》やす為の形児《かたご》。

だからなに？　かやちゃんは、わたしの味方なんでしょ？　わたしにムカつくことをしたんだよ？　あいつに身の程をわからせてあげなきゃ。

──あなたは姫児《ひめご》。こちらとあちらを繫《つな》ぐ贄《にえ》。慈しめばおごさまを癒やし、肉を捧《ささ》げればおごさまを顕現させる。

わかんないよ。ばかにしてるんでしょ？　もっとちゃんと話せよ！　お前もカイトのことを狙っているから成り代わろうとしているのか？　かやちゃんにだってカイトのことは渡さないんだからね。ちょっとだけ近くで見る権利をあげるだけだよ。勘違いしないで。

「愛《いと》しい繭の子、ゆっくりお休み。最後の姫児《ひめご》の願いは妾《わらわ》自らが引き受けてやる。妾と同じ、奪われるだけの可哀想な子らしいからのう」

わたしとかやちゃんの会話を誰かが遮った。偉そうな口調。痛いオタクの女がよくこうやって話していたのを思い出す。わたしとかやちゃんの問題なんだから勝手に入ってこないでって思うけど、かやちゃんはへらへらと笑っているだけだった。

——さやちゃんも願いが叶ったら一緒に一つになろうね。

そう言って、ぐちゃりという音を立てながら、かやちゃんはわたしの足下で赤黒い液体になって溶けた。

人殺し！　ふざけんな！　って叫んでもわたしの口は動かない。大暴れしたくても体が動かなくて「わたしが体をあげてもいいって思ったのはかやちゃんなのに」ってムカついて仕方ない。

「契約は契約だ。お前の願いは叶えてやる。先祖供養を終わらせ、カイトとやらに会いに行くとしよう」

わたしの言っていることも、気持ちも無視して、おごさまは偉そうにそういった。わたしをいじめてきたスクールカースト上位ぶってる田舎臭いビッチ共みたい。勝手に見下してきやがって。

それに契約なんてした覚えない！　犯罪者！　人殺し！　クーリングオフさせろ。

「生殖のために子袋だけは残してあるが、それ以外の全てをお前は捧げたのだ」

は？　ふざけんな！　かやちゃんのために！　わたしは！

「御児《かや》は妾《わらわ》の代理人だ。お前は神に願い、そして妾《わらわ》が願いを叶える。何も問題はない」

カカカ……と首を反らしてわたしの体が笑う。わたしの意思に反して。

虫に身体中を食い散らかされ、絶命している人間の肉をわたしの体が勝手につかんで、口に含んだ。

肉を噛《か》めばじゅわりと甘い汁が口の中に広がって、それからムカつくやつがこんなことになっているうれしさが体を満たしていく……。

ムカついているのに体が別のことをして、勝手にものを口から流しこまれて、美味《おい》しいと思う気持ちにはあらがえない。おかしくなりそう。

「肉を喰《く》らえば甘いと感じ、足を切られれば血ではなく穀物を流す。それはもう人では無いと思わないか？」

うるさいうるさいうるさい。ババアだかオタク女だか知らないけど知ったようなことを言いやがって！

関係ない。わたしは知らない。わたしはただハヤトさんに頼まれて腕を失ったから、ちゃんと自分のお願いをしただけだもん。ハヤトさんはわたしを騙すし、かやちゃんも勝手に消えちゃってお前みたいにムカつくやつが勝手に体を奪うし、最低。最低。わたしはなにもしてないのに。

「ふふふ……ははははは。妾《わらわ》には心地よい。憎悪を滾《たぎ》らせろ、憤怒と怨嗟《えんさ》を撒《ま》き散らせ……そうだな、人から奪われるだけだった者のよしみとして、カイトとやらに会うまでは、この力を自由に揮《ふる》わせてやろう」

急に体が思い通りに動くようになるとは思わなくて、驚きながらも勢い良く両腕を振り回す。ぼろぼろだった実家の壁がごりっと抉《えぐ》れて、服の袖《そで》から出てきた小さな旋風が散らばっていた死体を空に打ち上げていく。

かろうじて人間の形を保っていた石塚の胴体や、心桜《こころ》ちゃんのお父さんがただの肉塊になって地面に衝突するのを見ると、お腹の底から笑いが込み上げてきた。

今度は、わたしがわたしの意思で笑う。最初からわたしにこうさせてくれればいいのに。もしかして、あのババアは男を見る目がないからあのちょっとした塩顔イケメンに惚《ほ》れて優しくしちゃったとか？　まあ、カイトやハヤトさんみたいな都会の良い男を知らないのなら、あの程度の男を好きになっても仕方ないか。それよりも、今はこの力を揮って今までわたしにいじわるをしてきたやつに仕返しをしてやろう。わたしから奪ってきたやつらから、今度はいろんなものを奪い返してやる。

わたしは実家の敷地を出て、村を歩く。その様子を見ていたのか、よたよたとじじいが自分の家に入っていくのが見えた。

「みぃつけた！　こんばんは、クソじじい」

腕を振るだけで、ブロック塀もじじいの家もウエハースみたいに崩れて、慌てて這《は》いだしてきた人間を蟻みたいに押し潰《つぶ》す。

体を半分だけ残しておくと、命乞いが聞けて更に楽しい。

「化物！　なにす……ごあ」

「が……たすけぎゅが」

わたしにいじわるしたあの子も、ビッチぶってた田舎臭いギャルたちもキモいくせにわたしに優しくするふりをしてぐちぐち陰口を言っていたオタク女共もみんなみんな今のわたしに気が付きもしない。ムカつく。ムカつく。ムカつく。

ああ、そうだ。わたしにひどいことをしたみんなに思い出させてあげるため、復讐《ふくしゅう》をしてあげよう。

「心桜《こころ》ちゃーん！　あそぼー」

あいつが実家に住んでいること、インスタで見ていたから知ってるんだ。子供も三人いて、しあわせなんだって。許せなくて「こいつ小学生の頃、増山って可哀想な子をいじめてただろ」ってコメントしてあげたら誹謗《ひぼう》中傷だとか自演するなって怒って削除していた。

アレでわたしのインスタ垢《アカ》は凍結されたんだけど、その復讐を今できる。正しいことを言ったわたしからアカウントを奪ったどうしようもない女。わたしがお前の幸せを奪ってあげるからね。

「……っひ」

警戒しているのか、玄関を少しだけ開いた心桜《こころ》ちゃんは、インスタで見た時よりもブサイクでしわもあってババアだった。

顔を歪《ゆが》めて小さく悲鳴をあげた心桜《こころ》ちゃんが、玄関の扉を閉じようとしたから、わたしは腕をねじこんだ。

「おかーさんどーしたの？」

「来ちゃダメ」

背中を見せて逃げようとする心桜《こころ》ちゃんの足を思いきり引っ張るとぶちぶちという音がして血が噴き出す。田舎臭いブサイクなガキが顔を真っ赤にして泣いて、心桜《こころ》ちゃんが「やめて！　許して！」って足下で喚《わめ》く。

わたしが大きくなったからか、天井が低い。仕方なく腰を曲げながら家の中に入った。

「あはははははは」

わたしは床に転がっている心桜《こころ》ちゃんをそのままにして、その場で立ち尽くして泣いているクソガキの頭に手を伸ばした。

「ぷぇあ」

指先でガキの頭を摘まんでゆっくりと回すと、変な音を出してガキの首が転がった。

「ねえ心桜《こころ》ちゃん、わかった？　あのとき、キーホルダーをプレゼントしたのにいらないって言われて悲しかったわたしの気持ち」

せっかく話しかけてあげているのに、心桜《こころ》ちゃんはわたしを見ようとしない。もう肉塊になったガキの頭に手を伸ばそうと必死に四つん這いで進もうとしている。

「無視すんなよ」

ムカついて、心桜《こころ》ちゃんを拳《こぶし》で叩《たた》き潰して食べた。

頭の中でおごさまが楽しそうに笑っている。ちょっとうるさいけど我慢してあげよう。

かやちゃんがいなくて少しさみしかったから。

それにしても、本当にムカつく。いじめって加害した方は覚えて無くて、やられた方は覚えているって本当なんだなってイライラしながら心桜《こころ》ちゃんの家を出ると、一台の車が目の前に止まった。

「カイト」

田舎では多分カイト以外にこの車に乗っている人なんていない！

やっと迎えに来てくれたんだね。少し遅いけど、でも大丈夫。

来てくれただけで、わたしの王子様として五兆点だから。

わたしは、ヘッドライトをつけたままの車に向かって走り出した。

「……さあやちゃん、久し振りだね。呪ってあげたのに生きているなんて驚いたよ」

赤みを帯びた薄い茶髪と、明るい褐色の瞳《ひとみ》。スラッとしたシルエットは田舎には似つかわしくない。

車の運転席から出てきて微笑んでいるのは、ハヤトさんだった。

「カイトは？」

「色々と自分に都合がいいことを吹き込んでいたみたいだね、さあやちゃん」

わたしの言葉を無視して、ハヤトさんはこっちを睨《にら》み付ける。

せっかく甘い匂いで満たされている空間なのに、洗ってない犬とか、猫が子供を産んだときみたいな臭いが微《かす》かに混ざってきて思わず顔を顰《しか》める。臭い。

車の中を見ようとしたけれど、今の大きさだと屈《かが》み込まないと車内が見えない。

カイト、車の中にいるのかな？　なんで会いに来てくれないの？

「もういいです。あんたなんて怖くない。わたしにはカイトだけいればいいんだから。車の中、勝手に見るから」

「車の中を見ても、今の君にカイトは見えないよ。君は信用を既に一つ毀損《きそん》している。それに、もう一つ信用を毀損した」

見下したような笑みだった。いっつもそう。こいつは難しい言い回しで、わたしを馬鹿にしているんだ。

ハヤトさんがスマホを取り出してこっちに見せてきた。

「なんなんだよお前！　こっちはカイトの話をしてるんだけど」

イライラしてくる。せっかくすっきりした気持ちになっていたのに。なんで邪魔するの？　カイトが尊敬しているから、一目置いてやっていたけど、そんなのどうでもよくなってきた。

「これ、君の鍵《かぎ》アカだよね？　バックヤードを勝手に写して、それを自慢している。嘘と虚栄に満ちた醜い欲で、オレの信用をもう一つ毀損した」

「なんだよ。はっきり話してよ。カイトはどこ？」

「今は教えない。信用を二度も毀損した君には、カイトを見る資格が無い」

ムカつく。ムカつく。ムカつく。

あの生意気な拝み屋だってわたしに頭を下げたのに。力もないただのバーのオーナー如きがわたしをバカにする。わたしはすごいのに。村のみんなだってたくさん殺した。朝になって警察が来ても怖くない。なのに、なんで。なんでこいつはわたしを怖がらないし、わたしを見下しているんだよ。

「愚か者は、自分が見たいものを、見たいようにしか見ない」

「は？」

「だが、君が毀損した信用を取り戻すチャンスをあげるよ」

ハヤトは、腕を組んで余裕たっぷりな表情でそんなことを言った。カイトが見えないのは困るから、わたしは仕方なくハヤトの案に乗るふりをする。カイトと会えたら、こいつを殺そう。

できるだけ苦しめて殺してやるんだ。わたしを愚か者って言ったし、なによりカイトの大切な人を殺したのもこいつだから。カイトはダマされているかもしれない。だから、代わりに仇討《かたき》ちをしてあげないと。

乾いた音が三回響いた。ハヤトが手を打ち合わせた音だ。

強い獣臭と一緒に、車の後部座席から二人の男が姿を現した。

二人の男は、頭から黒い布の袋を被《かぶ》せられていて、手には軍手みたいなものを着けている。

それに、袋には白いインクでよくわからないぐにゃぐにゃしている模様が描いてある。見ていると無性にイライラするので、じっと見るのはやめた。

二人の男は、ハヤトに手を引かれてこっちに歩いてきた。前が見えないのか、足下がおぼつかないみたい。

「どちらがカイトだ。当てられたらカイトと話してもいい」

「はあ？　何言ってんの？　あんたに決められる筋合いなんて……」

「さあ、毀損した信用を取り戻す時間だ。カイトじゃない方を叩き潰せば、信用を一つ取り戻せる」

ハヤトは、わたしを見上げて微笑みながら、そんな突拍子もないことを言ってきた。

「ふ、ふざけないでよ！　間違えたらカイトが死んじゃうんだよ⁉」

「君は毀損した信用を埋め合わせるために、まだ何も差し出していない。失った二つ目の信用を取り戻すための努力も放棄するというのか？」

微笑んでいたハヤトの目がスッと細められて、今のわたしは腕力でこいつに勝てるはずなのに思わず体が強《こわ》ばる。

でも、気持ちを奮い立たせてわたしはハヤトに口答えをした。

「あ、あんたのいうことを聞いて、わたしは腕を失ったのに！」

「それは、繭が使えるものかどうかの証明だ。君は毀損した信用を埋めるべきものを、オレにまだ差し出していない」

わたしが何も言えないでいると、ハヤトは更に言葉を続けた。

「君は、毀損した信用を埋めるために、何かを差し出すことを承諾した」

なんだよ。ムカつく。

わたしを見上げるくらいチビのくせに。人間のくせに。過ぎたことをぐちぐち言いやがって。

「この二人のうち、どちらかを殺せば、毀損を帳消しに出来る」

そうだ！　目の前に二人の人間がいて、どっちかがカイトなら、こいつを殺してから頭の布を取ればいいいじゃん。

「わかりました」

わたしは顔を上げて、ハヤトの顔を見た。

薄い唇の片方を持ち上げて、得意げに笑っているこいつに向かって、大きく振り上げた拳を叩き付ける。

「――ぐぎゃ」

ぐちゃりという湿った音がして、手の側面に硬いものが幾つか突き刺さる。でも、こんなの痛くないし、すぐに治る。

大きくなっちゃって女の子らしくないのは不便だけど、こうしてムカつくやつを簡単に殺せるし、傷痕《あと》も残らないのはいいなってちょっと思う。

――憐《あわ》れな子だねぇ。

頭の中で、おごさまの声がした。

何が憐れなのかわからない。勝手に言ってろよクソババア。わたしはゴミを片付けただけ。

カイト、今、助けてあげるからね。変な臭い布を被せられて可哀想。

目の前にいる人間達に音は聞こえていなかったのか、それとも、見えてないからハヤトが死んだこともわからないのか、逃げる様子はない。

しゃがみこんで、二人の人間の頭に被せられた黒い布にそっと触れる。力加減を間違えて潰してしまわないように。

「うあ」「い、だ」

わたしの指先が燃え上がって、黒い布が内側から噴きだしてきた液体で濡れる。濃厚な甘い匂いと共に、二人の人間はその場に倒れた。地面には布が吸いきれなかった血がどんどん広がっていく。

「カイト！　カイト！」

灰になってぼろぼろに砕けた指先はあっと言う間に元に戻った。でも、カイトは人間だ。白いインクで描いてあったぐにゃぐにゃしている模様が消えたからか、布に触ってももう自分の指は燃えなかった。

布を二つとも剝《は》ぎ取って顔をみる。顔を見ればどっちがカイトかわかるはずだから。

「……そんな」

顔は、元がどうだったかわからないくらいぐちゃぐちゃでなにか大きな獣に食い荒らされたみたいに抉れていた。

「酷すぎるよ」

その場にしゃがみ込んで、溢《あふ》れてくる涙を拭《ぬぐ》おうとする。でも、目からは白い毛虫が次々と出てくるだけだった。

毛虫は、三つの死体に集まってその肉を食べていく。

「カイトのために……わたしは……がんばったのに。せっかくカイトに会えたのに」

――カイトに会えたんだな？

「会えたけど！　会えたけど死んじゃったら意味がないんだよ！　クソ！」

――会えたのなら、願いは叶ったということだ。

頭の中で大きな笑い声が聞こえた。

それどころじゃないのに。わたしは世界で一番大切な人を失ったっていうのに。

おごさまにムカついて殴りたいけど、こいつはわたしの頭の中にいるから殴れない。

イライラしてハヤトが乗ってきた車を殴ろうと近付くと、車の運転席の窓が開いた。そこには、さっき確かに潰して殺したはずのハヤトがキレイな顔をしたまま乗っていた。

「愚か者は、自分が見たいものを、見たいようにしか見ない。そして失ったままの信用は補塡《ほてん》されることはない」

「ははは……おもしろい。信用を妾《わらわ》が補塡してやろうか？」

「いえ。そんな恐ろしいことはしたくないですね。ああ、見逃してくれるお礼に、おもしろいものを見せましょう。このメッセージだけさあやちゃんに聞かせてあげてください」

車の窓は獣臭いし真っ黒な煙が漂っていて中が見えない。気持ち悪い。腕を窓から差し込んでこいつをぐちゃぐちゃにしてやりたいのに身体が動かない。

ハヤトがスマホを取りだして、何かを再生し始めた。最初は何を言っているかわからなかった。でも、おごさまが「カカカ」と高笑いしたと同時に聞き慣れた声が頭に直接流れてくる。顔だけがうまく見えないけれど、この肌は、この顎《あご》の形は、このしゃべり方はカイトだって嫌でも分かる。

「だってバカみたいでしょ。俺が買ってやったケーキの保冷剤、二年も冷蔵庫に入れているんですよ。マジで貧乏くさくてキモいでしょ」「は？　いくら金に困ってもさあやにだけは枕なんてしないっすよ。それならリナと百回寝た方がマシ」「いやーブスで稼げないと思ったんですけどハードコア系の店にいってくれて助かりますわ。実際はもう売掛けなんかとっくに返せてるのに。バカは搾取されるだけですよ」「サンドバッグとしてだけは優秀なんすけどね。あいつ、なんと、生きてるんですよ。それだけでデカすぎるマイナスですからね」「あのブス、さやってやつ出禁にしろ……と。あ、バレました？　客の振りしてあいつの悪口を書き込むの楽しいんすよね」「俺の本命？　理解してくれてますって。卒業したら[redacted]するんすよ。それまでにさあやをなんとかしたいですよね。ハヤトさん、あいつのこと殺して埋めたり出来ます？　なんちゃって」「早く死んで欲しい。さあやのことです。あいつが勘違いして俺を恋人扱いするとき、マジでずっと吐きそうなんすよ。この前もつい殴っちゃって」

　ちがうもん！　カイトはそんなこと言ったりしない。嘘を吐くな。おごさま、こいつだけは殺させてください。お願いします。カイトはわたしと結婚するんだ！　クソ！　ちがう。これは本当じゃないもん。だって……わたしは、わたしはずっとカイトに尽していたのに！　殴られても我慢して、痛い仕事もして……でも……。

「愛してるよ、[redacted]。ごめんな、こんな仕事ももうすぐ止めるからさ」

やめろ！　わたしには愛してるなんて言わないのに！　そんな優しい声色で話しかけてくれたことなんてないじゃん。なんでだよ。そこにはわたしがいるべきなのに。その女も殺さなきゃ。

「あははは！　本当だな。愚か者は、自分が見たいものを、見たいようにしか見ない。なあ、お前は自分を妾《わらわ》と同じと言っていたな？　それはただの勘違いだ」

おごさまがお腹を抱えながら笑っている間に、車がエンジンを吹かしてどこかへ走り去っていく。追いかけようとして翅を広げようとするけれど、体がうまく動かない。

「さあさあ、お主の出番はしまいじゃ。妾《わらわ》の力と体を返してもらうとしよう」

車はどんどん遠ざかっていく。でも、わたしの体は動かない。その場で空を見上げながらおごさまは笑い、翅を動かしてどんどん夜空へ昇っていく。

翅と同じ銀色の鱗粉《りんぷん》があたりに漂って、人魂《ひとだま》みたいに光っている。もう悲鳴すら聞こえなくなって静まりかえった村の様子がよく見える。

黒く蠢いている無数の毛虫たちは、おごさまの姿を見ると動きを止めて一箇所に集まって来た。大量の毛虫たちが体を寄せ集めて大きな球体を作っていく。そこは、わたしの実家の庭だった。おごさまは、庭に下りると毛虫たちが作った球の表面をそっと撫《な》でる。毛虫たちに触れると、この子たちがおごさまを愛おしく思っていたり、崇《あが》めていたりする感情が直接流し込まれてきて吐き気がする。

　ふわりと動いた両腕が勝手に球を掬《すく》い上げる、わたしの身体は再び大きな銀色の翅を羽ばたかせて月がキレイな夜空へと羽ばたく。

「愛しい稚児《ややこ》たち。ご苦労だったね」

　高く高く飛んだ後、おごさまはそういって大きく口を開けた。そのまま毛虫の球を一呑《の》みにすると、ぐるぐると回転して楽しそうに笑う。

　知らない人が次々に視界に現れる。古くさい着物を着た人、もんぺってやつを着ている人、少しダサい服を着た人が目の前で次々と笑みを浮かべながらぐちゃぐちゃの赤黒い塊になって溶けていく。

　最後の方になって、見覚えのある二人組と小さくて生意気そうなガキが現れた。

　おかあさん！　おとうさん！　ねえ！　わたしを助けてよ。わかるでしょ？　さやだよ。ごめんなさいってあやまるから。おねがい。

「おごさま、ありがとうございます。そして、申し訳ありません。繭を大切に出来ませんでした」

　お父さんが頭を下げる。嘘だ。お前は人に感謝なんて述べない。わたしを殴ってお母さんを殴って藺に謝るだけの無能だったくせに。わたしを助けろ。バカ。

「おごさま、私までお救いくださってありがとうございます」

「増山家の者はみな、この村の者たちに騙された被害者じゃ。殺され彷徨《さまよ》っていたにせよ、今は共に一つになると良い」

お母さんとお父さんと見知らぬガキが満足そうな表情を浮かべて赤黒い塊に変わってい く。嘘だ。許さない。わたしに散々ひどいことをしたのにそんな満足そうな面をしやがって！

おごさまがわたしにやっと意識を向けたのがわかる。

わたしはまだ！　まだ納得してない！　カイトに会えても死んじゃったら願いなんて叶ってないのと同じだもん！　ふざけるな！　わたしの体を返せ！　あとあの車も追いかけてよ！　ねえおごさまお願いします。わたしの言うことを聞いてよ！　お願いだから。

「もうおしまいだよ、憐れな子。お前も妾《わらわ》の中へお帰り」

冷たい声だった。それから、おごさまがパチンと手を叩く音が聞こえてわたしは――

後日談　残滓

「な、なんだったんです？　あの化物」

「お前は知らなくていい」

車は無事に走り出した。アレに目を付けられたらお終《しま》いだと思ったが、どうやらあの災厄は最後の贈り物を気に入ってくれたらしい。なんとか無事に切り抜けられたようだった。

助手席から声をかけてきたカイトの端整な顔は青ざめている。

隠しておいて助かった。魔は美しいものを好む。こいつの顔を実際に見たら、愚かな女にガワを貸していた怪異が、オレたちを逃がしてくれたかどうかはわからない。

豊穣《ほうじょう》の神、黄金姫《おごひめ》。おそらく、それがアレの名だ。

人間を慈しみ、絹糸と穀物を授ける美しい神だったが、欲に溺《おぼ》れた人間共に閉じ込められ、辱められ、深い深い恨みを持ってこの地——木森《こもり》を呪いながら朽ちた神。

元々この地は蚕守《カイコモリ》の地という意味を持っていたのだろう。

「さっさと帰るぞ。お前も災難だったな」

「いや……まあ。リク兄が死んだのは、ショックですけど」

「斉藤には悪いことをしたと思っている。本当に」

「いや、あの女がカスでどうしようもないって見抜けないで、嵌《は》めようって言った俺も悪かったんすよ」

斉藤が死んだのは誤算だった。カイトのためになると言えば、汚れ役や痛い目に遭ってもかまわないという素朴で扱いやすいヤツだったから。

さやが持っている繭が、拝み屋や人間相手に小銭稼ぎをするようなくだらない妖怪《あやかし》共が作ったものだと侮っていたのが悪かった。

今後は、近しい便利な人間へ呪物《じゅぶつ》を使うのは控えよう。

「アレ、なにかの撮影とかじゃないんすよね？　あの……袋を被《かぶ》っていた二人と外に出たヤツは、本当に死んじゃったんですか？」

「死んだっていいような、どうしようもないカス共だ。問題無い」

カイトは、手にしていた御札をようやく手放しながら、額の汗を袖《そで》で拭《ぬぐ》った。

それから、疲れているのか目を閉じて、深い溜《た》め息を吐く。

顔が抜群にいい上に、こういう関心の無いことや得にならないことに深く言及しないところが、こいつを近くに置いておく理由だった。男も女も魔性の者も、美しいものを目の前にすると判断が狂う。

きっとカイトは、数週間もすれば、さやのことも、自分の代わりに三人の人間が死んだことすらも忘れるだろう。

この村での惨劇も、死体は全てあの毛虫共が消してしまった。死体がないのなら、事件としても取り扱われないはずだ。おそらく、こういう場合は集団失踪《しっそう》として取り扱われ、一部のオカルト好きなやつら以外からはすぐに忘れられるに違いない。

愚か者は、自分が見たいものを見たいようにしか物事を見ない。

それは、あの愚かな女だけではない。背中を押してやれば勝手に耳を塞ぎ、大切な言葉を聞き漏らす。だから、オレたちはこうして人間に混じって生きていけるのだ。

今と昔で方法は変わっても、妖狐《オレたち》が人を化かして生きるのは変わらない。

人に妖怪《あやかし》が混じって暮らしている分、今の方が苦労は増えたのかもしれないが。

復讐《ふくしゅう》を終え、解き放たれたアレが起こす災厄に巻き込まれる不幸な人間たちに少しだけ同情をしながら、オレは車を走らせ続ける。

アレのせいでしばらく仕事を休んでいたが、明日からまた人を騙《だま》す仕事が待っている……。そんなことを考えていると、隣でもぞもぞとカイトが体を動かしはじめた。それから、何か柔らかくて小さなものが落ちた音がして、髪をわしわしとかいたカイトが自分の手を不思議そうな表情で見つめている。

「うわ……毛虫?」

車を停めてカイトの手の上へ視線を送ると、小さな黒い毛虫がうぞうぞと蠢《うごめ》いていた。

本書は、ＷＥＢ小説サイト「カクヨム」に掲載された、
「おごさま」を加筆修正したものです。

この作品はフィクションです。
実在の人物・団体・事件とは一切関係がありません。

小紫（こむらさき）
東京都在住。カクヨムで小説作品を執筆するかたわら、ゲーム実況や朗読配信などを行なう。本作『おごさま』が初の書籍化作品。

おごさま

2024年11月18日　初版発行

著者／小紫《こむらさき》

発行者／山下直久

発行／株式会社KADOKAWA
〒102-8177　東京都千代田区富士見2-13-3
電話　0570-002-301（ナビダイヤル）

印刷所／旭印刷株式会社

製本所／本間製本株式会社

●お問い合わせ
https://www.kadokawa.co.jp/（「お問い合わせ」へお進みください）
※内容によっては、お答えできない場合があります。
※サポートは日本国内のみとさせていただきます。
※Japanese text only

定価はカバーに表示してあります。

ISBN 978-4-04-115610-0　C0093